海賊《かいぞく》の銀貨

1/12の冒険 3

マリアン・マローン
橋本恵 訳

ほるぷ出版

ミニチュアルームA-12、ケープコッドの居間（19.7×37.8×30.8 cm）

ミニチュアルームA-28、サウスカロライナの応接間（31×56.5×54.6 cm）

ミニチュアルームを作るソーン夫人（1960年、シカゴにて）

海賊の銀貨

12分の1の冒険 3

マリアン・マローン 著
橋本恵 訳

目次

1 先祖……5
2 すてきなパーティー……18
3 ペソ銀貨……25
4 かくされた部屋……34
5 もうひとりのルーシー……44
6 熱くなったり、冷たくなったり……52
7 声……63
8 暗闇……72
9 ケンドラの先祖……80
10 イザベルに要確認……87
11 パチンコ……96
12 非常口……105

13 いまから思えば……　118
14 すぎさった時間　132
15 鳥肌　143
16 クレメンタイン号　156
17 クジラの歯のナイフ　166
18 予期せぬ事態　180
19 抜け穴　190
20 無礼な小娘　204
21 移しかえ　213
22 ぼろぼろのタグ　225
23 来歴と詩　231
24 賞とほうび　245

わたしといっしょに想像してくれたＪＤＦへ

カバー、本文イラスト：佐竹美保
日本語版装幀：城所 潤

1
先祖

「おおい、野郎ども！　気をつけろ！」

荒れくるう海に船がかたむき、転覆《てんぷく》しかけた瞬間《しゅんかん》、船長がどなった。が、気まぐれな風は向きを変え、船はバランスを取りもどした。

「おい、ノーフリート、ハッチをしめてこい！　さっさと行け！」

「はい、船長！」

一番年下の海賊《かいぞく》が叫《さけ》んだ。嵐の怒号と木造船の板のきしむ音で、なかなか声が届かない。

〈アベンジャー号〉は、マサチューセッツ州ケープコッド沿岸で荒波にもまれていた。極寒の海水が甲板《かんぱん》に打ちつける。この地区特有の、船を沈没《ちんぼつ》させかねない猛烈《もうれつ》な暴風だ。

ジャック・ノーフリートは、危険をものともせず、甲板をすべるようにしてつっきった。海賊になって五年。するべきことは、ちゃんとわかっている。ロープをしっかりと結び、階段に

一段も足をつけることなく、貨物のある船倉まで一気に飛びおりた。

かたむいた船の船倉には、お宝が眠っていた。バーバリ海岸から取ってきた金貨、銀貨、宝石や新月刀だ。ジャックはすばやく目を走らせると、おもに硬貨《こうか》と宝石の原石を、あちこちのポケットにできるだけつめこんだ。

ジャックは、ここにあるお宝の略奪《りゃくだつ》にくわわったのか？　そう、おそらく。しかし、イングランドから新天地アメリカへ向かうとちゅうで両親を亡くした子どもに、ほかになにができたというのだろう。ジャックはこの海賊船《かいぞくせん》に助けられ、給仕係から乗組員へと昇格し、そのことを誇《ほこ》りに思っていた。しかし、この生活も終わろうとしていた。

マストが折れる鋭《するど》い音が聞こえた。船がはげしくゆれて制御不能となり、さらにかたむく。ジャックは、最後にもう一度、向こうの壁《かべ》へとずりおちていく宝の輝《かがや》ける山を見た。船がかたむいたため、いまやその壁が船底なのだ。

と同時に、〈アベンジャー号〉がしずみはじめた。

一本の柱にしがみつき、そろりそろりと移動して、階段の吹《ふ》き抜けまで来た。冷たい雨と海水が流れこんでくる。やっとのことで甲板《かんぱん》に出て、一本のロープをつかんだ。そのロープをたぐりよせるようにして、まだしずんでいない甲板の手すりまでたどりつく。

海賊たちは、つぎつぎと海に飛びこんでいた。甲板から海に押《お》し流され、泡《あわ》だつ波に飲まれた者もいる。

豪雨《ごうう》の中、遠くに陸が見えた。金貨の分だけ重くなっているにせよ、泳ぎに自信があったジャックは海に飛びこみ、一心不乱に泳いだ。

岸に泳ぎつくころには、船は船尾の先しか見えなくなっていた。ジャックが見まもるなか、船尾は船上に残っていた者もろとも、すべるように海中へと消え、二度と浮かびあがらなかった。

見わたすかぎり、生存者は、ジャック・ノーフリートただひとり。ジャックは、両親がずっと夢見ていたこの新天地で人生をやりなおすだけの金銀を、ポケットに持っていた。その金銀が強奪品だとしても、気にかける者などいるだろうか？　いきさつを知っている者など、残っていただろうか？

＊

「死人に口なし、というやつです」ジャック・タッカーはレポートをおろしてそういうと、小さな巾着袋《きんちゃく》をあけ、一枚の硬貨を取りだした。「これは、ジャック・ノーフリートの硬貨です。ペソ銀貨と呼ばれています」

教室全体に、うわあ、と驚《おどろ》きのつぶやきが広がった。クラスメートに見えるようにと銀貨を持ちあげた瞬間《しゅんかん》、ジャックの手の中で銀貨がきらめく。

教室の後ろのほうの席に座《すわ》っていたルーシー・スチュワートは、ほんの一瞬《いっしゅん》思った――ちょっと輝《かがや》きすぎじゃない？

「以上が、ぼくの先祖《せんぞ》、ジャック・ノーフリートの話です。まあ、想像でおぎなってはいますが。ぼくは、ジャック・ノーフリートにちなんで名づけられました。ノーフリートは、ぼくのミドルネーム。ジャックは、すべての世代にいますね」と、ジャックが教室の一番前で説明する。

生徒たちから、いっせいに拍手《はくしゅ》がわきおこった。ジャックがおじぎをし、ジャックの銀貨が回覧《かいらん》される。ルーシーは自分のつくえの上に置かれた銀貨を見て、輝いているように見えたのは窓からさしこむ光のせいにちがいないと思った。その銀貨は、古美術商のミセス・マクビティーの店にあるような、ごくありふれたアンティークのように見えた。

ジャックとルーシーをはじめとする私立オークトン校の六年生は、最終学期の歴史の授業で〝家系〟を勉強し、担任のビドル先生から、自分の先祖についてできるだけ調べるようにといわれていた。そんなごくふつうの課題を壮大な冒険《ぼうけん》物語に仕立ててしまう親友ジャックの才能に、ルーシーはまたしても感心していた。

ルーシーは、すでに先祖について発表を終えていた。スチュワート家は十九世紀にアメリカにわたってきて、まず農夫に、つづいて教師になった。ドラマチックな話や胸がおどる冒険などないし、有名人もいない。西部開拓《かいたく》時代を再現した大西部ショーで母方の先祖が空中ブランコの曲芸師をつとめたといううわさがあるが、証拠《しょうこ》はない。当時の写真も、宝石をちりばめた衣装もない。

ルーシーは、ほかの生徒といっしょにジャックに拍手を送った。

ビドル先生がいった。「ありがとう、ジャック。今回のレポートは、まちがいなく高得点ね。ただし今回の課題では、時代を特定し、歴史的背景をふまえたうえで、先祖の位置づけを考えることも含《ふく》まれていたはず。おぼえているかしら？」

「ああ、そうですね」と、ジャックはほほえんだ。「全部、つけくわえておきます」

「いいでしょう。じゃあ、次に発表しようという勇気ある人はだれかしら？」

ルーシーは、中国から移住してきた祖父母について語るアマンダ・リウの話に耳をかたむけた。アマンダは祖父が自分の体験を書いた詩を朗読《ろうどく》し、若き日の祖父が飢《う》え死にしかけたときのことをくわしく発表した。アマンダの祖父の詩は漢字で書かれ、凝《こ》った赤い額縁《がくぶち》に飾《かざ》られていた。

終了をつげるチャイムが鳴り、ビドル先生がいった。「いいでしょう。残り三人の発表は、月曜日ね」

今日は金曜日。本日の授業は、これで終わりだ。

ルーシーはジャックといっしょにジャック宅へと向かった。毎週金曜日は、たいていジャックの家に寄っている。「ジャックの今日の発表、すっごくおもしろかった！　どうして今まで、海賊《かいぞく》の先祖《せんぞ》がいるって教えてくれなかったの？」

「うーん、なんでだろうなあ」と、ジャックは肩《かた》をすくめた。「先祖の話なんて、ふつうしないだろ。おれだって、ルーシーの先祖のことは、なにも知らなかったし」

「そうだね。でもあたしの先祖は、おもしろくもなんともないよ」自慢《じまん》できることがあるのに、いっさい自慢しないところが、いかにもジャックらしい。「ジャックのおじいさんの、そのまたおじいさんの……ええっと、何世代上かわからないけど、とにかく、すごいご先祖さまだね。海賊だもん！」

「七世代上。十八世紀半ばの先祖だよ」

「海賊のご先祖さまのこと、どうやってあんなに調べあげたの？」

「あるていどは母さんが知ってたんだけど、数週間前にジョージに電話してくれたんだ」

「ジョージ？　だれ、それ？」

「おれの大おばさん」

「女の人なのに、ジョージなの？」

「ずっとそう呼んできたんだ。愛称《あいしょう》かなにかだと思うけど。小さいころに会ってるよ。東部に住んでるんだ。まあ、とにかく、ジョージおばさんが母さんにくわしい話をして、おれに銀貨を送ってくれたんだ。おれが持っているべきだって。おれには、父さんの形見とかないからさ」

あれ、いつもとちがう、とルーシーは思った。ジャックが自分から父親の話をするなんて――。大親友ジャックのことはいろいろと知っているけれど、ジャックの父親のことはほとんどなにも知らない。いままで聞いたのは、ジャックが生まれる直前にお父さんが亡くなったということだけ。ジャックの口から父親や父方の親戚《しんせき》の話を聞いたことは、一度もない。

けれどジャックはそれ以上はいわず、ふたりはだまって歩いた。

今日の天気は、まさにちょうどいい。コートを着なければならない時期と、エアコンがほしくてたまらない時期の、ちょうどはざまの短い季節。じきに夏の暑さが襲《おそ》ってきて、六年生の一年間が終わる。

いままでふたりで、いろいろな体験をしてきた――とくに休み明けの二月に、社会科見学でシカゴ美術館のソーン・ミニチュアルームへ行った今学期は。あのときルーシーは、完ぺきに作りあげられたミニチュアの世界にすっかり魅《み》せられた。ソーン・ミニチュアルームの〝ソーン〟は、このミニチュアを一九三〇年代に作ったナルシッサ・ソーン夫人の名を取ったものだ。

同じ社会科見学で、ジャックは部外者立ち入り禁止の廊下《ろうか》で魔法《まほう》の鍵《かぎ》を見つけた。この金属製のきらめく鍵が、すべての始まりだった。ルーシーとジャックは、鍵が十六世紀のミラノ公《こう》爵《しゃく》夫人クリスティナの物で、鍵の魔法によって体がちぢむことをつきとめた。ふたりのほかに鍵の秘密を知っている人物は、ほんのひとにぎりしかいない。

魔法の鍵を見つけたことで、ルーシーの生活はすっかり変わった。魔法の鍵を見つける前は、なんでもいいから、なにかすごいことが起きないかと待ってばかりいた。だが鍵を見つけた後は、日々、想像だにしなかった興奮《こうふん》を味わっている。

ジャックの家についたふたりは、キッチンの大きな木製のテーブルにそれぞれバックパックを置いた。ルーシーは、ジャックの家に来るのが好きだった。ジャックの母親は画家で、古い工場を快適なロフトに作りかえて住んでいる。

ルーシーがジャック宅に着いたことを母親にメールするあいだ、ジャックはおやつをさがしまわり、ルーシーに声をかけた。

「アイスサンドは？」

「ちょうだい！」

ジャックがひょいと投げたアイスサンドを受けとめて、ルーシーは包装紙をやぶりとり、一口かじった。

「ビスケットにアイスクリームをはさむなんて、大発明よね」

「だよな、マジで。明日、美術館に行く？」

「ううん。日曜日に行く。明日は、ケンドラの誕生日パーティーに呼ばれてるから」

「あっ、そっか。そうだったな」ジャックは、ビスケットからはみだしたバニラアイスをなめた。「パーティーは、どこでやるんだ？」

「ケンドラの家よ」

「最高のパーティーになるだろうなあ。ケンドラの両親はシカゴじゅうの人を知ってるって、母さんがいってた。あの有名人のオプラ・ウィンフリーの親友なんだぜ」ジャックはアイスクリームサンドイッチの最後の一口をほおばりながら、そういった。

「でも、ケンドラはいい子よ。生意気とか、うぬぼれてるとか、ぜんぜんないし」

「うん。いいヤツだよな。あーあ、女子限定のパーティーでなければなあ」

「でも、クラスの女子全員を呼ぶなんて、やさしいよね」と、ルーシーは最後の一口をぽんと口の中に入れた。「そういえば、ミセス・マクビティーがね、例の地球儀《ちきゅうぎ》は日曜日の朝に取りにおいでって。そのあと、美術館にもどせばいいって」

例の地球儀というのは、もとはソーン・ミニチュアルームに置いてあったアイテムだ。ミニチュアルームの中にある物の一部は、ソーン夫人が職人に作らせたミニチュアではなく、魔法《まほう》の力で小さくしてミニチュアルームに置かれた本物のアンティークだということを、ルーシーとジャックはつきとめていた。本物のアンティークは、美術館から持ちだしたらミニサイズから元のサイズにもどる。その地球儀はイギリスのミニチュアルームの、ウッドパネルを貼《は》った書斎《しょさい》のつくえの上にペアで置いてあった物の片方で、美術館から持ちだして元のサイズにもどったのだった。

先月、ルーシーとジャックは、ソーン・ミニチュアルームからアイテムがいくつか消えていることに気づいた。そして、美術品どろぼうがいるという事実のみならず、ミニチュアルームの秘密を守りつつ、そのどろぼうの正体をつきとめもした。あとは、盗《ぬす》まれた地球儀を元のミニチュアルームにもどせばいい。

しかしふたりとも、そもそもなぜミニチュアルーム内のアイテムがミニサイズになったのかは、まだつきとめていなかった。ソーン・ミニチュアルームに通えば通うほど、パズルが複雑になっていくような気分だ。

おやつのあと、ふたりはバックパックから宿題を取りだした。ルーシーは宿題を終わらせておかないと、日曜日に美術館に行きたくても、両親のゆるしが出ない。それに、宿題はいやだが、宿題を気にしながら週末をすごすのはもっといやだ。

「これでよし、っと」まず算数の宿題を終わらせて、教科書をとじ、「次は、単語ね」と、新しいファイルをひらいた。

「おれは、単語の宿題は学校ですませてきた」と、ジャック。まだ、算数の宿題をやっている。

そのとき、ロフトの玄関《げんかん》が鍵《かぎ》であく音がし、ジャックの母親リディアが入ってきた。「ただいま」とジャックに歩みより、頭のてっぺんにキスする。「学校は、どうだった？」

「まあまあかな」ジャックが答え、

「ジャックの発表、すばらしかったんです」と、ルーシーがつけくわえた。「海賊《かいぞく》の先祖《せんぞ》なんて、かっこいい！」

「でしょう？」と、リディア。「この子の冒険《ぼうけん》好きは、海賊の血のせいね！　ジャック、銀貨は見せたの？」

「うん。大ウケだった！　あのさ、母さん、明日ルーシーがケンドラ・コナーの誕生日パーティーに行くんだ。ケンドラの一家のこと、知ってるんだろ？」

「知ってるといっても、うわさだけだけど。美術品の収集家なのよ。とてもおもしろいご一家ね」

「おもしろいって？」と、ジャックがたずねた。

「ケンドラのお母さんのジーニは、この町に大いに貢献《こうけん》してきたわ。なんでもジーニは、昔から ずっと、一族の汚名《おめい》を晴らしたいと思っているんですって。おばあさまにまつわる一大スキャンダルがあったらしいの。おばあさまは事業を営んでいて、ほかの会社からなにかを盗《ぬす》んだ疑いで有罪になってね。ひと財産を失ったそうよ。くわしいことは、知らないけれど」

ルーシーは、好奇心《こうきしん》をそそられた。「ケンドラは、月曜に家系の発表をすることになってるんです。なにか話してくれるかな？」

「財産といえば、ジャック、銀貨はどこなの？」と、リディア。

ジャックはバックパックの中身をかきまわし、銀貨を手のひらにのせて母親に見せた。「どこか安全な場所にしまっておくよ」

ジャックが銀貨をのせた手をにぎった瞬間《しゅんかん》、ルーシーは教室で見たあの輝《かがや》きを見たような気がした。

まるで小さな力が一気に高まり、ジャックの指のすきまから光を放ったかのようだった。

2

すてきなパーティー

ルーシーは父親といっしょにエレベーターに乗り、ケンドラの家に向かっていた。エレベーターのドアがあいた。その先は廊下《ろうか》ではなく、玄関《げんかん》ホールになっていた。つまり、ケンドラの一家はこのマンションの最上階を丸ごと所有しているということだ。真正面には広いリビングがあり、窓からミシガン湖が見える。

ミセス・コナーが出迎《でむか》えてくれた。「まあ、あなたがルーシーなのね！　ようやく会えて、うれしいわ」

ルーシーの父親はミセス・コナーと世間話をしてから、ルーシーにキスした。「パーティーが終わったら、迎えにくるよ。楽しんでおいで！」と、エレベーターへともどっていく。

ミセス・コナーがルーシーに声をかけた。「こっちよ。パーティーは、キッチンで始まっているわ」

ルーシーはミセス・コナーについて、広々としたリビングから広い廊下へと出た。廊下の壁《かべ》には、額入りの写真がずらりとならんでいた。古い写真もあれば、新しい写真もある。その中の一枚に目をひかれた。すっかり色あせた、白黒の写真。きちんとした身なりで、スーツ姿の男性から表彰されている、アフリカ系アメリカ人女性の写真だ。その女性は一枚の大きな記念の盾《たて》をかかげているが、盾に刻まれた名前までは見えない。

ミセス・コナーは、ルーシーが写真に気を取られていることに気づいて、声をかけた。「それはね、わたしの祖母よ。一九三五年あたりの写真」

「すてきな方ですね」写真の女性は父親似のケンドラには似ていなかったが、ルーシーは初めて見る気がしなかった。「あのう、まだ生きていらっしゃるんですか？」

「いいえ。わたしが子どものころに亡くなったの。でも、記憶《きおく》はあるわ。その写真の祖母は、市長から事業をみとめられて、表彰されているところよ」

そのとき、エレベーターのベルが鳴り、客の来訪《らいほう》をつげた。

「あっ、失礼するわね、ルーシー。キッチンは、左のドアよ」

ルーシーは、もうしばらくその写真を見つめていた。自分の家族でなくても、家族写真は好きだ。廊下にならんだ家族写真の中では、だれもが幸せで豊かそうに見えた。ジャックの母親がいっていたスキャンダルなど、かけらもうかがえない。

壁《かべ》に飾《かざ》られた写真をながめながら、キッチンのドアまで来た。陽光の満ちあふれる広いキッチンに入ったとたん、どっと笑い声があがった。ケンドラが、ルーシーに声をかけた。「あっ、ルーシー！　来てくれて、ありがとう！」

キッチンには、クラスの女子の約半分と、白いシェフの制服に身をつつんだ大人が四人いた。ケーキを焼いて飾るための道具が、カウンターにすべてそろっている。

「こんにちは、ケンドラ。お誕生日、おめでとう！」

なんか、楽しそう！　ルーシーはみんなから大歓迎《だいかんげい》され、〝持ち場〟へと案内された。そこには、飾りつけをしていないプレーンのケーキがひとつと、きれいな文字でルーシーの名前が書かれたクリーム用の絞《しぼ》り袋がひとつ、置いてあった。ゲストひとりに一セットずつ、人数分が用意してある。

「うわあ、すてき！」ルーシーは、はしゃいだ声をあげた。

「でしょ？」と、となりに立っていたアマンダがいう。

ミセス・コナーは誕生日パーティーの目玉としてケーキの飾りつけ講習会を企画し、この日のためにパティシエとアシスタントをやとっていたのだ。ジャックの予想どおり、最高のパーティーとなりそうだ！

メンバーがそろうとすぐに講習会が始まり、全員で絞り袋にクリームをつめる方法や、クリームを絞って完ぺきな花を作る方法を教わり、チョコレートできれいな文字を書く練習をした。つづいてパティシエたちがアーモンドパウダーと砂糖《さとう》を混ぜた練り粉の大きな塊《かたまり》をくばり、各自テーマを決め、その練り粉でケーキに飾るアイテムを作るようにすすめられた。動物を作った子もいれば、靴《くつ》、ハンドバッグ、花を作った子もいて、ありとあらゆるアイテムがそろった。

パティシエたちはキッチンの中を歩きまわり、飾りつけのコツを教えてまわった。

「うわあ、ステキ！」ケンドラがルーシーのアイテムを見にやってきて、声をあげた。ルーシーは、小さなテーブルとイスを数脚《すうきゃく》作った。テーブルには、料理をのせた小さな皿を数枚置いてみた。

「ありがとう。ケンドラのも、すごくステキよ」

ケンドラは、熱帯地方のカラフルな鳥を数羽《すうわ》、作っていた。

作業が終わると、各自のケーキを長いカウンターにならべ、それぞれ自分のケーキの後ろに立ち、十二人全員で記念写真を撮《と》った。そのあとミセス・コナーは、全員をダイニングへと案内した。ダイニングには、ピザと本格的なバースデーケーキが用意してあった。

パーティーが終わりに近づくと、全員でリビングに移動し、親の迎《むか》えを待った。ジャックの母親のリディアがいっていたとおり、コナー家は美術品収集家で、壁《かべ》には現代アートの大きなキャンバスがいくつも飾《かざ》ってあった。

ルーシーは、とりわけ多彩《たさい》な一枚の絵を見つめた。

ミセス・コナーがとなりにきて、たずねた。「この絵が気に入ったのかしら？」

「はい」

「じゃあ、最近買ったばかりの作品も見る？」

ルーシーはさそわれるまま、ミセス・コナーについてリビングのそばの書斎《しょさい》へと移動し、額に入った一枚の大きな写真を見つめた。「あっ、これ！　エドマンド・ベルさんの写真ですよね？」

「ええ、そう。先日の写真展で二枚買ったの。もう一枚は、わたしのオフィスに飾ってあるわ。ミスター・ベルのアルバムを見つけたなんて、あなたたち、本当にすばらしいわ！　ケンドラのクラスメートがミスター・ベルの行方不明の作品を見つけたと新聞で読んで、感動していたのよ！」

ミスター・ベルのアルバムを見つけたことは、ルーシー自身、とても誇《ほこ》りに思っていた。ジャックとふたりで一晩ミニチュアルームにもぐりこんだときに、写真家のエドマンド・ベルのアルバムが入ったバックパックを見つけたのだ。じつはそれは、ミスター・ベルの娘《むすめ》で医師のキャロラインが、幼《おさな》いころ、ルーシーたちと同じように魔法《まほう》を使ってミニチュアルームに入りこみ、あるミニチュアルームの戸棚《とだな》の中に置きわすれ、二十五年間そのままになっていたものだった。

ルーシーは、謙遜《けんそん》していった。「めったにない幸運に恵まれただけです」そう、幸運と魔法に恵まれたのよね――。

リビングにもどったら、迎えの親たちがそろそろやってきていた。箱につめたケーキとパーティーのおみやげが配られるあいだ、ルーシーはリビングの中を見てまわった。

六カ月前のルーシーならば、おもしろい物がつまった広い部屋がいくつもあるケンドラのマンションをうらやましく思ったかもしれない。でも、いまのルーシーには、ソーン・ミニチュアルームがある。六十八もの特別な部屋を、どれでも好きに選べるのだ。

エレベーターのベルがチンと鳴ったちょうどそのとき、ルーシーはリビングの反対側に置いてある品に目を吸いよせられた。サイドテーブルにある、ふたにステッチ刺繍《ししゅう》をほどこした、小さな金属製の箱だ。どう見ても古いその箱は、モダンなアートと家具がそろったこの部屋には場ちがいの品だった。

緑とピンクと金の花模様《もよう》のステッチ刺繍《ししゅう》——。断言はできないが、遠くから見るかぎり、ルーシーが持っているビーズのハンドバッグの模様とそっくりだった。そう、奴隷《どれい》用のタグが裏地《うらじ》の中にかくしてあった、あのミセス・マクビティーからもらったアンティークのハンドバッグだ！　その箱を手に取って、中になにがあるのか調べてみたい。

ところが、まさにそのタイミングでエレベーターのドアがすっとあき、ルーシーの父親が迎《むか》えにあらわれた。

3

ペソ銀貨

「それは、おもしろいな」と、電話の相手のジャックがいった。

ルーシーは自分のベッドに座《すわ》り、ケンドラの誕生パーティーと、ケンドラ宅のリビングで見た金属製の箱について、ジャックに電話で報告しているところだった。「気のせいかもしれないんだけどね。あの時代によくあるデザインだとか？」

あたし、魔法《まほう》とは関係ない物にまで、魔法を感じるようになっちゃったのかな――。

しかし、だれがルーシーを責められるだろう？　実際、ルーシーとジャックは、ハンドバッグの中にかくされていた奴隷用の謎《なぞ》のタグを――魔法の鍵《かぎ》と同じく、ルーシーの体をちぢめる魔法を持つタグを――見つけた。そして、そのハンドバッグの色と模様をもとにA29〈サウスカロライナの舞踏室《ぶとうしつ》〉にたどりつき、南北戦争の数十年前にサウスカロライナ州チャールストンに住んでいた奴隷の少女フィービーと出会っていた。ふたりともフィービーと言葉をかわし、ルーシーは筆記の練習用にと、らせんとじのメモ帳とエンピツ二本をフィービーにプレゼントした。百年以上前の人間のフィービーを、ルーシーは友だちだと思っていて、生きている時代こそちがうものの、きずなを感じていた。

「明日、美術館で、飾《かざ》り戸棚《とだな》で見つけた特効薬の本を見せてあげるわね。フィービーの名前が書いてある本よ」

「いま、思いだしたんだけどさ、どうやって入る？　アメリカコーナーに」とジャックにいわれて、ルーシーは考えた。

ソーン・ミニチュアルームはヨーロッパコーナーとアメリカコーナーにわかれていて、それぞれ、立ち入り禁止の保守点検用の廊下《ろうか》がある。ヨーロッパコーナーの廊下には、魔法《まほう》の鍵《かぎ》でミニサイズになってドアの下をくぐれば、楽にもぐりこめる。しかしアメリカコーナーの廊下へのドアはすきまがなく、ミニサイズになってもくぐれない。しかも、アメリカコーナーへのドアは案内所の真正面だ。そこでルーシーは粘着《ねんちゃく》テープを使って、ヨーロッパコーナーの壁《かべ》にクライミングルートを作った。ルーシーとジャックはウォールクライマーのようにこのルートをよじのぼり、天井《てんじょう》のエアダクトを通りぬけて、アメリカコーナーへと移動していたのだった。ところが――。

「あっ、そうか。粘着テープは、メンテナンスのスタッフにはがされちゃったんだっけ」

「粘着テープでまたクライミングルートを作ったら、ぜったいあやしまれるよな」と、ジャック。

ジャックとアイデアを練ろうとした矢先、姉のクレアが入ってきた。ルーシーとクレアは、同じ部屋を使っている。

「月曜までにレポートを仕上げなきゃならないの。電話なら別の部屋でしてくれる？」

いちおう〝お願い〟の形をとっているが、実際は命令だ。

ルーシーは、いやだといいたかった。せまいマンションでは、自室でないとジャックと自由に話せない。けれど、けんかになったら負けるのは目に見えていた。両親は、つねに宿題をする側の味方をする。ルーシーには、プライバシーなどなかった。「ジャック、もう切らなくちゃ。また、明日ね」

そして一冊の本を手に取り、読むふりをしながら、美術館でアメリカコーナーへ移動する方法を考えた。ミニチュアルームの裏《うら》側の廊下にしのびこむときはいつも、一秒たりともむだにできない。明日、美術館に行くのなら、A29〈サウスカロライナの舞踏室《ぶとうしつ》〉に入りこむ方法くらいは、きちんと考えておきたかった。

まずはミニサイズになって、床《ゆか》から約一・二メートルの高さにある、すべてのミニチュアルームをつなぐ下枠《したわく》にのぼらなければならない。ジャックは毛糸とつまようじを使って、はしごを作ってくれた。これさえあれば、下枠まではのぼれる。けれどその上の通風孔《こう》までは届かないし、はしごを固定させる道具もない。今回は、ジャックのはしごは使えないということだ。

そのとき、ルーシーはあることを思いついた。クロゼットをかきまわし、手芸用の材料をつめこんだ箱をさがし、まだ使っていない毛糸の大きな玉と鉤針《かぎばり》を見つけた。よし！　これで完ぺき！

姉のクレアが、これみよがしにため息をつく。

ルーシーはベッドにもどった。鎖編《くさりあ》みって、どうやるんだっけ？　すぐに思いだせた。鎖状に輪をつなげていくだけだ。

鉤針で鎖編みを一メートルほど作ったとき、姉のクレアがルーシーをにらみつけた。「ちょっと、ほかの場所でやってよ」

「ひとことも、しゃべってないでしょ！」

「あんたの手が動くのが、目の隅《すみ》に映って邪魔《じゃま》なの！　頼《たの》むから、出ていって！」

クレアは機嫌《きげん》が悪い。ルーシーはいい争ってもむだだとあきらめ、リビングに移動した。

リビングでは父親が本を読み、母親がテストの採点《さいてん》をしていた。母親が声をかけてきた。「なにか作ってるの?」

「ううん、とくには。鎖編みのやり方をおぼえてるかなと思って」

せっせと鎖編みをつづけ、三十分後には十メートル強の長さまで編みあげた。その長さで足りることを祈《いの》るしかない。

ルーシーはキッチンに行き、がらくた用のひきだしをあけ、音を立てないように気をつけながら二個の電池をさがした。

日曜日――。ミセス・マクビティーは、玄関《げんかん》先でふたりを出迎《でむか》えた。「おはよう、ルーシー、ジャック。さあ、お入り」
ルーシーとジャックは、ミセス・マクビティーについてリビングに向かった。ミセス・マクビティーはアンティークと稀覯本《きこうぼん》をあつかう古美術商なので、自宅にはすてきな品々がそろっている。だがおもしろそうな品だらけのリビングの中でも、中央のテーブルにのせられた例の地球儀《ちきゅうぎ》は、ひときわ目だっていた。ルーシーとジャックが美術品どろぼうから取りかえしたあと、ミセス・マクビティーはぶじにミニチュアルームにもどせるよう、その地球儀は自分のものだと警察を説得し、手に入れてくれたのだった。一対になった地球儀の片われは、E6

〈一七〇〇年代初めのイギリスの書斎《しょさい》〉にある。

「これがなくなると、毎日、恋しくなるだろうねえ」と、ミセス・マクビティーは本音をもらした。「本当に、すばらしい品だよ」

「これ、マジで三百年前の物だと思います？」と、ジャックがミセス・マクビティーにたずねた。

「ああ、まちがいないとも。ニスを塗《ぬ》った表面の金色の輝《かがや》きを見てごらん。大陸の地図も正確じゃない。北米の西半分は、まちがっているよ」

高さが三十センチたらずのそれは、地球儀《ちきゅうぎ》としては小ぶりで、分解できた。地球儀は一本の木製ピンで台座《だいざ》にとめてあるだけで、台座は平らにつぶせる。これは便利だ。

ルーシーはそっとピンを引きぬき、地球儀と台をななめがけバッグの中にしまった。「これでよしっと。元の場所にもどせそうで、良かった」

「永遠に行方知れずになっても、おかしくなかったからねえ」と、ミセス・マクビティーがつけくわえる。

「あのう、ミセス・マクビディー、見てもらいたいものがあるんですけど」と、ジャックがポケットから先祖《せんぞ》の銀貨を取りだした。「これなんですけど」

ミセス・マクビティーは首から鎖《くさり》でぶらさげていたルーペを持ちあげ、きらめく古い硬貨《こうか》をしげしげとながめた。「おやおや、これは！　ペソ銀貨だねえ！　この型を見るのは、ずいぶんひさしぶりだよ。どこで手に入れたんだい？」

「大おばさんが、送ってくれたんです」

「ジャックの先祖は、海賊《かいぞく》だったんです！」と、ルーシーが口をはさんだ。「それ、ご先祖さまの物なの！」

「それは、驚《おどろ》きだねえ！」

ジャックは、顔を輝かせた。「おれ、海賊の先祖にちなんで名づけられたんです。じつは学校で、家系について調べる宿題が出たもので」

「大切にするんだよ」と、ミセス・マクビティーは銀貨をジャックに返した。「純銀だからね」

「あの、ミセス・マクビティー、そろそろ魔法《まほう》の鍵《かぎ》を。もうすぐ美術館の開館時間だわ」

美術館が混みあう前のほうがなにかと楽だと、ルーシーはわかっていた。

ルーシーとジャックは、ミセス・マクビティーについて、来客用の部屋に移動した。そこにある木製の箱に、三つの宝物——公爵《こうしゃく》夫人クリスティナの鍵と、奴隷《どれい》用のタグと、ふたりが一九三七年のパリで出会ったユダヤ人のルイーザ・マイヤーから送られた手紙——が、しまってあった。

ミセス・マクビティーが箱をあけた。

クリスティナの鍵《かぎ》と奴隷《どれい》用のタグが、きらりと光る。まるで、生命を宿しているかのように。箱の中で、取りだしてもらうのをじっと待っていた、小さな命のように——。

ルーシーは鍵とタグを取り、手のひらにのせてながめた。奴隷用のタグは587という番号が刻印され、ぼろぼろでざらついているものの、凝《こ》った装飾《そうしょく》がほどこされたクリスティナの鍵に負けないくらい、一筋の光が直接あたっているかのように、まばゆくきらめいていた。

「はい、ジャック」と、ルーシーは鍵とタグをジャックの手のひらに置いた。

ルーシーが鍵とタグを持ったまま、美術館に入るわけにはいかない。ミニチュアルームに近づいたら、体がちぢんでしまうからだ。公爵《こうしゃく》夫人クリスティナは、鍵の魔法《まほう》が女の子だけに効くようにした。男のジャックがちぢむのは、ちぢんでいくルーシーと手をつないだときだけだ。理由はわからないが、奴隷用のタグも同じ魔法を秘めている。

ジャックは、鍵とタグをジーンズの前ポケットにしまった。

「ふたりとも、うまくいくように祈《いの》ってるよ。どうなったか、あとで聞かせておくれ！」マンションの玄関《げんかん》先でふたりを送りだそうとしたミセス・マクビティーは、ジャックのけげんそうな表情に気づいた。「おや、どうしたんだい？」

「マジかよ！」

「どうしたの？」ルーシーも、たずねた。

ジャックが、ジーンズの前ポケットから、クリスティナの鍵と、奴隷用のタグと、先祖《せんぞ》の銀貨を取りだす。

なんと、先祖の銀貨は熱をおび、光を放っていた！

4
かくされた部屋

「まだ、熱い？」ルーシーは、ジャックといっしょに美術館の前でバスをおりながら、たずねた。

「うん、なんかむっとするよな。台風の前みたいだ」と、ジャックが空を見あげる。

「もう！　銀貨の話だってば！」

「ああ、そっちか。うん、まだあたたかいよ」

ルーシーは、原因をつきとめたかった。これまでに熱をおびて光ったのはクリスティナの鍵《かぎ》と奴隷《どれい》用のタグだけだったが、このふたつは魔法《まほう》のアイテムだ。かたやジャックの先祖《せんぞ》の銀貨は、シカゴ美術館ともソーン・ミニチュアルームとも関係がない！

ルーシーとジャックは、美術館の広い正面階段を一段飛ばしでかけあがった。

「あっ、待って！　入らないで！」ルーシーが声をあげた。

「なんで？」

「なにが起こるか、わからないじゃない。もし銀貨のせいでジャックがちぢんじゃったら、どうするのよ？　とりあえず、ゆっくり進もうよ」

「了解」ジャックは、大きなガラスのドアに向かって、慎重《しんちょう》に歩きだした。

「待って！」ルーシーは、またしてもジャックを呼びとめた。「銀貨が熱をおびたのって、初めてなのよね？」

「うん」

「変な感じがしたり、体の調子がおかしかったりしない？」というルーシーの問いに、ジャックは首をふった。「服が変だと感じない？　きつくなったり、ゆるくなったりしない？」ルーシーは、ジャックの背丈《せたけ》が変わっていないかどうか、じっくりと観察した。「銀貨は、鍵とタグとは別々にしておかないと、まずいんじゃない？　ちがうポケットに入れておいたら？」

ジャックはあたりを見まわしてから、鍵とタグと銀貨を右手で取りだし、光を放つ銀貨だけを左手にうつした。鍵とタグと別々になったとたん、銀貨の光は暗くなった。「うわっ、スゲー」ジャックは、銀貨と残りふたつをそれぞれ別のポケットにしまった。

美術館の中に入ったルーシーたちは、ミニチュアルームのギャラリーをめざしたが、いつもよりゆっくりと進んだ。銀貨と魔法のアイテムを別々にしただけで、摩訶《まか》ふしぎな現象を止められるとはかぎらない。観客で混みあった場所で、ジャックがとつぜんちぢんでいくのを目撃《もくげき》されたら、こまる！

けれど、異様な現象はなにも起こらなかった。日曜の朝だし、美術館の開館直後だけあって、11番ギャラリーはすいていた。

「ルーシー、準備はオッケーか？」

「うん、オッケー」

チャンスは、すぐにやってきた。

ジャックが鍵《かぎ》を持つ手をルーシーとつないだ瞬間《しゅんかん》、ルーシーは鍵のぬくもりを感じた。魔法《まほう》がふたりをつつみこみ、この世のものとは思われない風がルーシーの髪《かみ》をゆらして、首をくすぐり、周囲の空間がどんどん広くなった。まるで、ふたりともおだやかなミニ竜巻に巻きこまれているかのようだ。足は地面から一度も離れていないのに、変化が止まるまでの数秒間、重力を感じなかった。両腕《うで》両脚《あし》が、少しむずむずする。

十三センチほどにちぢんだふたりは、すぐさまミニチュアルームの裏《うら》側へとドアの下をくぐった。

ルーシーは暗い廊下《ろうか》で、銀貨になにか変わったことが起きてないかとジャックにたずねた。

「ぜんぜん」と、ジャックはポケットを外から軽くたたいた。「まあ、ちょっと熱を持っているくらいかな。よし、地球儀《ちきゅうぎ》を返しにいこうぜ。そのあと、銀貨になにが起きているのか、つきとめよう」

「うん、わかった」

廊下の手前に、E6の部屋があった。十八世紀イギリスのその書斎《しょさい》こそ、地球儀が元々あった場所だ。

ミニチュアルームの裏にたどりつけるよう、下枠《したわく》にはしごをかけるためには、ルーシーがいったん元のサイズにもどる必要がある。鍵を床《ゆか》に落としたら、ジャックがどんどんちぢんでいくように見えた。なんのことはない。ルーシーが元のサイズへと大きくなっているだけのことだ。

ルーシーはななめがけバッグからはしごを取りだして広げ、下枠にフックをかけて吊《つ》るした。

「これで、よしっと」そして、ミニサイズのままのジャックに声をかけた。「下枠まで、持ちあげてあげようか？」

「いや、いい。今日は、のぼりたい気分なんだ」

ジャックはさっさとはしごに歩みより、長い距離をせっせとのぼりはじめた。

ルーシーは床の鍵をひろい、また十三センチのミニサイズになると、バッグの中の貴重な地《ち》球儀《きゅうぎ》をゆらさないように気をつけながら、ジャックを追ってはしごをのぼった。下枠《したわく》までよじのぼると同時に、ジャックの声がした。「入り口を見つけておいたぞ。こっちだ」

ふたりとも木製の枠を通りぬけ、ジャックが先にあけておいたドアから中に入った。

「たぶん、メインルームの手前のサイドルームに出るんじゃないかな」と、ジャック。

ソーン・ミニチュアルームの多くは、ギャラリーの観客がドア越しにちらっとのぞけるサイドルームがある。ルーシーは、いつもこういったサイドルームをギャラリーからのぞくのが楽しみだった。けれど、この部屋のサイドルームはしまっていて、ギャラリーからはのぞけないので、一度も見たことがなかった。

E6のサイドルームには、ドアが三つあった。ここに入ってくるときに通ったドアと、メインルームに出るドアと、もうひとつは――どこに出るドアだろう？

「うわあ！　こんな部屋があるなんて、思ってもみなかった」ルーシーは声をあげた。

ふたりとも中に入り、あたりを見まわした。ギャラリーからは見えない部屋なので、観客に見られる心配をせずに、ゆっくりと見てまわれる。

そこは、部屋というより物置きといったほうがいいくらい、せまかった。ドアのない壁《かべ》のひとつは棚《たな》でうまっていて、昆虫採集《こんちゅうさいしゅう》の標本のケースがひとつ――おもにカブトムシとチョウの標本だ――と、ネズミの剥製《はくせい》、石と水晶の標本が二、三点ずつ置いてあった。古い革とじのスケッチブックもある。ルーシーがそっとひらいたら、観察記録とメモと意味不明な図形で半分ほどうまっていた。

「おれ、十八世紀について勉強してきたんだ。とりあえず、十八世紀前半を。十八世紀は、啓《けい》蒙《もう》運動とよばれる思想運動が始まった時期にあたるんだ。当時は、科学的調査がさかんでさ。人々は自然界に興味を持って、自然現象を理解しようとしたんだ」

「へーえ、だから、こういったものがあるわけね。これ、だれの物かしら？」

「うん、気になるよな」

「とにかく、地球儀を返したほうがいいわね」

「おれは、ここで待ってるよ」ジャックは洋菓子《ようがし》店でいろいろな菓子を愛《め》でるみたいに、昆虫採集の標本をながめながらいった。

ルーシーは分解した地球儀本体と木製ピンをバッグから取りだし、地球儀を組みたてた。最後にもう一度、手書きの諸大陸と台座《だいざ》の美しい曲線をほれぼれとながめる。

そして、メインルームへのドアをわずかにあけて、耳をすました。

この部屋は、生きてる？

ソーン・ミニチュアルームに魔法《まほう》を使って初めて入ったとき、ルーシーとジャックはある事実を発見した――部屋に命を吹《ふ》きこむアイテムが部屋の中にあれば、部屋の窓の外はギャラリーから見えるジオラマではなく、本物の世界になる。ミニチュアルームはそれぞれタイムトラベルの出入り口となり、ルーシーとジャックは過去の世界へとタイムスリップしてきたのだ。

ドアをさらに少しひらき、静かな書斎《しょさい》をのぞいたところ、部屋はひっそりとしていた。といっても、まったく命が感じられないわけではない。地球儀《ちきゅうぎ》がひとつのったつくえに、午後のあたたかい日ざしがななめに差しこんでいる。

遠くで犬の鳴き声がし、ルーシーは窓へと目をやった。みごとなまでに美しく刈《か》りこまれた生け垣《がき》が庭を縁《ふち》どり、その向こうには家々がならんでいた。窓の外の木々の葉が、かすかにゆれている。

この書斎は、地球儀がそろってなくても本物だ。じゃあ、この部屋に命を吹きこんでいるアイテムは、なんなのだろう?

書斎へのドアのすぐ前にイスが一脚《きゃく》置いてあるので、ルーシーはそれを少しずらして通りぬけ、書斎の中に入った。地球儀をつくえの上に置いて、もうひとつの地球儀と対になるように位置をさだめ、仕事をやりとげた満足感にひたる――。そのとき、地球儀が対になっている理由をさとった。もう片方の地球儀には大陸の地図ではなく、星々と星座《せいざ》の天球図が描いてあったのだ。ギャラリーからガラス越しにのぞいたときは、そこまで細かくは見えなかった。

ふたつの地球儀のあいだには、革表紙の本が一冊、置いてあった。表紙は緑色で、ユリ形の紋章《もんしょう》がひとつ、金色で刻印してある。表紙をめくろうとしたそのとき、ギャラリーから観客が近づいてくる声がしたので、本をつかんで、せまいサイドルームへとかけもどった。

「ねえねえ、これの中身を見たかったんだけど、ギャラリーにだれか来ちゃって」

「へーえ、ずいぶん古そうだな」

緑色の革表紙は本を保護するためのカバーにすぎず、本には模様《もよう》のない茶色の布の表紙がついていた。

ルーシーは、最初のページをめくってみた。左ページに、背もたれが高くて真っすぐのイスに座《すわ》った男の肖像画《しょうぞうが》が描いてあった。銀髪《ぎんぱつ》を長くのばし、前ボタンの多いビロードの服を着た男だ。題名はラテン語だが、作者の名前と、下の方にローマ数字で書かれた年代は読めた。

「うわあ、一七二六年だって!」

「プリンキピア、か」と、ジャックが題名を読みあげた。ルーシーはその単語の意味がわからなかったが、ジャックはわかったようだ。肖像画を指さして、説明した。「これは、アイザック・

ニュートン。重力と微積分《びせきぶん》を世に広めた学者だよ。ニュートンはとても重要な本を書いててさ。これは、その本を書き写したすごく古い写本だな。ここにある物の所有者は、きっと科学者だったんだ」

「あっ、あとね、地球儀《ちきゅうぎ》がふたつあるわけもわかったの。もう片方の地球儀には、星座《せいざ》が描いてあった」

「天球儀か。スゲー！　地球儀と天球儀がセットで、航海《こうかい》で使われたんだな。おれとしたことが、なぜもっと早く気づかなかったんだろう」

「これ、もどしてくるね」かなり古い本だとわかったので、ルーシーはていねいに本をとじた。

書斎《しょさい》にすべりこんですぐに、ついさっきは感じなかったある事実を実感した。いまのこの部屋には、活気がない。窓から見えるのは、にせものの生け垣《がき》と色あせた風景画。筆のあとがはっきりと見えるし、下のほうには白いカンバス地まで少しのぞいている。

この書斎に命を吹《ふ》きこんでいるアイテムは、この本だったのだ！

あんのじょう、本をつくえの元の位置にもどした瞬間《しゅんかん》、遠くからチリンチリンというきらびやかな音がかすかに聞こえ、ふたたび魔法《まほう》につつまれるのを感じた。ビロードのリボンに、腕《うで》やほおをやさしくなでられているような感じだ。どこか遠くで、また犬が鳴いている。

物置きにもどったら、ジャックは三つ目のドアから外をのぞいていた。

「おい、ルーシー、スゲーぞ！　ドアをあけたときは、ただのジオラマだった。そのあと例の魔法の音が聞こえてきて、命が吹きこまれた。おれの目の前で太陽がどんどん輝《かがや》いて、そよ風が吹きはじめたんだ！」

「あの本が、部屋に命を吹きこむアイテムだったのよ。あたしも、本をつくえにもどしたら、すぐに部屋が生きかえるのを感じたよ！」

「外に行ってみようぜ。数分でいいから」

ジャックはルーシーが返事をする前に、すでに片足をドアの外に出していた。

先頭に立って陽光の中へ出ていくジャックを見つめながら、ルーシーはふと、ジャックが実際に十八世紀のイギリスの地に立っているような気がしてきた。かたやドアを通りぬける前のルーシーは、まだ二十一世紀。たった一枚の小さなドアをはさんで、三百年近くも時間がちがうなんて！

ルーシーは一瞬《いっしゅん》立ちどまり、かすかに身ぶるいしてから、ジャックを追って外に出た。

5
もうひとりのルーシー

ルーシーは、ジャックとならんでテラスに立った。テラスには、庭の低い壁《かべ》と同じ赤いレンガが敷《し》いてある。壁ぎわにはさっき窓から見えた、じつに美しく刈《か》りこまれた生け垣《がき》がならび、外の道からテラスをかくしている。

三歩進んだ先には小道があり、その先は舗装《ほそう》されていない泥《どろ》の道だ。道をはさんで向かいには、質素な家がならんでいた。庭は、青々としげっている。

ジャックは、中庭へと足を踏《ふ》みいれた。この時代の服装ではないことをルーシーが注意しようとしたそのとき、女性の声がした！「こんにちは！　どちらから、いらしたの？」

相手から見えない場所にいたルーシーは、そのままかくれていようかと思ったが、ジャックを放ってはおけない。

「あら、あなたも、どちらから？」その女性は、ジャックのとなりにあらわれたルーシーを見

てたずねた。

ジャックは、できるかぎりあいまいに答えた。「ちょうど散歩していたところなんです」

「えっ、でも……ぜんぜん見えなかったわ。まるで、とつぜん、ふっとあらわれたみたい……」女性が、とまどい顔でふたりを見る。

ルーシーとジャックは、そのとおりだとわかっていた。ソーン・ミニチュアルームはタイムトラベルの出入り口で、過去の世界の人々にはその時代の建物しか見えない。さっきのテラスがまさにそうで、ルーシーとジャックはテラスからおりることで、この時代にタイムスリップしたのだった。

女性が話をつづけた。「でも、そんなはずないわよね。きっと、これに夢中になりすぎていたせいだわ」と、一本の長い金属の管を持ちあげる。ストローの二倍の長さで、ストローと同じくらい細い管だ。女性のとなりにある石の台には、液体の入った鉢《はち》がひとつ置いてあった。

女性はかがんで、ストローのような管の先を液体にひたし、そっと液体をすってからふーっと息を吹《ふ》きいれ、グレープフルーツくらい大きい、きれいなシャボン玉を作った。「ね、とても美しいでしょう?」

若いとはいえ、いい歳《とし》をした女性が、シャボン玉で遊ぶなんて――と、ルーシーは思った。

目の前の女性は、ルーシーとジャックはもちろん、姉のクレアよりも年上に見える。服装のせいで大人びて見え、本当の年齢《ねんれい》はよくわからないが、肌《はだ》は若く、しわひとつない。ウエストをきつくしぼった、地面まで裾《すそ》が届く長いドレス姿だ。深くあいた襟《えり》ぐりはレースで縁《ふち》どられ、ドレスの生地はシルクのようにきらめき、小さな青い花の模様《もよう》が散りばめてある。髪《かみ》はまとめて高く結い、頭のてっぺんに四角い小さなレースがピンでとめてある。言葉は、イギリスのアクセントが強い。

ジャックが、女性にたずねた。「二重の玉は、作れます?」

「えっ、二重?」と、女性が金属の管をジャックにわたした。「はい、やってみて」

ジャックはシャボン玉をひとつ作ってから息をすい、シャボン玉の中にもうひとつシャボン玉を作った。

「ブラボー!」女性ははしゃいだ声をあげて、拍手《はくしゅ》した。「わたくし、その管の使い方をやっとおぼえたばかりなの。表面張力について、理解しようと思って。あら、ごめんあそばせ。わたくし、レディー・ルーシー・バッジリーと申します。前にお会いしたことが、ありまして?」

「いいえ。あたしの名前もルーシーです。ルーシー・スチュワート。この子は、ジャック・タッカーです」ジャックが三重のシャボン玉作りに夢中なので、ルーシーがかわりに紹介《しょうかい》した。

「あなたたちは、植民地からいらしたの？」

「はい、そうです。親戚《しんせき》が、こっちにいるので」

「わたくしも、いつか植民地に行ってみたいわ。いろいろと探検できるんですってね」

ジャックとルーシーの異質な服装にようやく気づき、レディー・ルーシーがふたりをじろじろとながめた。ルーシーはジーンズに無地の青いTシャツ、ジャックはカーゴパンツとシカゴのプロバスケットボールチーム〈シカゴブルズ〉のTシャツ姿だ。

「そのチュニックの柄《がら》は、牛かしら？　あちらでは、みなさん、そういうのを着ていらっしゃるの？」

「はい、あたしたちくらいの年代の子は、たいてい」以前にも同じ質問をされたことがあるので、ルーシーはすばやく話題を切りかえた。「シャボン玉の練習をしてるんですか？」

シャボン玉を作りながら〝表面張力〟の話をする人など、ルーシーは初めてだった。シャボン玉なんて、しょせん、ただのお遊びではないか。

「ええ。この球体は、とても興味ぶかい現象ですわ。球は大きさをたもてなくなるまでに、どのていど肥大《ひだい》できるものなのでしょう？　それに、表面の照明効果ときたら！」レディー・ルーシーは陽光をあびてふわふわとうかぶシャボン玉を夢中になって見つめながら、つづけた。「定量の空間体積における、最小限の表面積……」レディー・ルーシーがいうと、詩のように響《ひび》く。

ふとルーシーは、書斎《しょさい》にあったスケッチブックと標本を思いだした。「あの、科学者なんですか？」

「科学者になるのが、わたくしの夢なの。お父さまも賛成してくれて、このピペットとボウルを買ってくれたのよ。けれど、お母さまが……」レディー・ルーシーの楽しげな表情が、わずかに曇《くも》った。「お母さまは、わたくしのような身分のレディーに科学者などふさわしくないと思っているの」

「じゃあ、科学者になるかわりに、なにになれと？」と、ジャック。

「わたくし、サセックス伯爵《はくしゃく》と婚約していますの。伯爵はりっぱな方だし、わたくしは家庭に専念するつもりですわ。といっても、いままでだれも、わたくしの意見をきいてくれたわけではありませんけれど」レディー・ルーシーは大きなため息をついてから、ぱっと顔を輝《かがや》かせた。「ミスター・ベンジャミン・フランクリンと、彼《かれ》の実験について、ごぞんじ？」

過去へのタイムトラベルで、ベンジャミン・フランクリンについてたずねられたのは、これで三度目だ。当時のベンジャミン・フランクリンがそうとうの有名人だったことが、ルーシーにもだんだんわかってきた。

「はい。ミスター・フランクリンは、いろいろと発明していますよ」と、ジャック。

「わたくしね、ミスター・ベンジャミンが光の波動について新しい説をとなえていると読んだことがありますの」レディー・ルーシーはくちびるを噛《か》んで、考えこんだ。「けれどその新説は、光の粒子に関するニュートンの説と矛盾《むじゅん》しますわね。どちらの説に同意するか、まだ決めかねていますの」

ルーシーにはさっぱり意味がわからなかったが、レディー・ルーシーは深刻《しんこく》になやんでいるようだ。

レディー・ルーシーが、ふたりにさらに質問した。「あなたたちは、植民地で学校に通っていらっしゃるの？」

「はい」と、ルーシー。

「学校では、女子にも科学を教えてくれますの？」

「はい」これは、ジャックだ。「男子も女子も、同じ科目を習いますよ」

「まあ、それはすばらしいわ！」

レディー・ルーシーは、虹《にじ》色のシャボン玉をいくつか風に飛ばした。そのとき、レディー・ルーシーをしかりつけるように何度も呼ぶ女性の声がした。レディー・ルーシーは体をこわばらせ、ピペットを置いた。

「植民地の話を、もっとうかがいたいところなのですけれど……。お母さまは、このことを知りませんの」と、ピペットとボウルのほうへ手をふる。「もしお母さまと出くわしても、なにもいわないでくださいませね」

「はい、なにもいいません」とルーシーは約束し、ジャックもうなずいた。

「おふたりに、ぜひまたお会いしたいわ」レディー・ルーシーはそういうと、スカートの裾《すそ》を持ちあげ、中庭から泥《どろ》道へと走りさった。

「さあ、ジャック、だれかに見られる前に行こうよ」と、ルーシーは引きかえした。

「マジで、スゲーよな！」と、ジャックがルーシーのあとからミニチュアルームの物置きへと入った。

「科学者になれないと思っているなんて、かわいそう」

レディー・ルーシーはどんな気持ちなのだろう、とルーシーは想像してみた。ジャックとルーシーが通うオークトン校の先生たちはつねに、科学で良い成績をとるようにと、生徒全員をはげましている。科学は、ルーシーの得意科目のひとつだ。

「うん、フェアじゃないよな。でも、あの当時だって女性科学者はいたんだぜ。本で読んだよ」

「レディー・ルーシーの時代のあと、科学分野では本当にいろいろな発見があったよね。たとえば、電気とか」

「月面着陸とか、抗生物質《こうせい》とか、コンピュータとか。すべてが発見だよな」

ふたりはさらにもう少し、物置きの中をのぞきまわった。ルーシーは一冊のスケッチブックをめくり、植物や昆虫《こんちゅう》、ウサギや鳥の上手《じょうず》な絵に感動した。羽根《はね》や毛皮、葉や花びらのスケッチはよく観察してあり、細かいところまで描かれている。いったい、だれが描いたんだろう？

「あっ！　思いだした！」ルーシーは声をあげ、書斎《しょさい》に通じるドアへと向かい、少しだけあけていった。「カタログによると、この書斎の肖像画《しょうぞうが》は……ほら、あそこの壁《かべ》にある、あの絵。あれは、サセックス伯爵《はくしゃく》夫人のルーシーなんだって」と、書斎の右側をのぞきこむ。「見て！レディー・ルーシーよ！　衣装はちがうけど、同じ顔！」

ジャックも、ドアのすきまから肖像画をのぞきこんだ。だ円形の額縁《がくぶち》に入った、女性の肖像画だ。

「本当だ……。物置きにあるのは、たぶん全部、レディー・ルーシーのものだ！」

そうかもしれないと思っただけで、ルーシーは幸せな気分になった。

レディー・ルーシーは、少なくとも科学者への道を歩きはじめることはできたのだ。

6

熱くなったり、冷たくなったり

部屋の外の下《した》枠《わく》に出てから、ルーシーがたずねた。「ねえ、いま、銀貨になにか起きてる？」

ジャックは、銀貨を入れたポケットに片手をあてた。「ううん。あいかわらず、ひっそりしてる。ところでフィービーの秘薬本を見せてくれるっていってたけど、アメリカコーナーへ行く方法は、なにか思いついたか？」

「うん、まあね」

ルーシーはななめがけのバッグから、丸めて球にした鎖《くさり》編《あ》みを取りだした。テニスボールよりわずかに大きく、端《はし》に電池をひとつ、結びつけてある。「これでのぼればいいわ。鎖の輪に足をひっかけて。はしごのかわりに、これを使おうかと思って」と、鎖編みの球を三十センチほど、ほどいて見せた。

ジャックが、なるほど、とうなずく。「電池は？　なんのため？」

「重しがわり。この球の中に、もう一個あるよ。鎖編みのもう片方の端に結びつけてあるの」

「よく考えたなあ！　で、どう使うんだ？」

「ここで待ってて」

ルーシーは時間をむだにせず、鍵《かぎ》を床《ゆか》にほうりなげ、同時に約一・二メートルの高さの下枠から飛びおりた。落下しながら元の大きさにもどる感覚は、一連の〈12分の1の冒険《ぼうけん》〉を通じて、いまでは気に入っていた。初めて飛びおりたときは心底ぞっとしたが、最近は楽しんでさえいる。ルーシーにとってなにもない宙へとジャンプするのは、空を飛ぶような感覚となっていた。無重力状態で髪《かみ》が後ろへとなびき、ミニサイズのまま数秒間、大きく広げた腕《うで》の下を空気が流れ、体を浮かせてくれる。鳥のように自由だ！　元のサイズにもどっての着地もうまくなり、完全にバランスをとれるようになっていた。

「そのまま、通風孔《こう》のそばまで進んで。あたしも、すぐに行くから」

ルーシーはミニサイズのジャックにそう指示すると、掃除《そうじ》道具が置いてある廊下《ろうか》のつきあたりまで走っていって、業務用のバケツを取ってもどり、バケツを逆《さか》さまにしてのった。そして電池が床につくまで鎖編みの球をほどくと、通風孔にねらいをさだめて球を投げいれ、自分が通風孔までのぼるルートを作った。

「ジャック、準備はいい？」

「オッケー」

ルーシーは片手をお椀《わん》の形に丸め、ジャックのほうへ差しだした。ジャックがその中に飛びこみ、バランスをとったはずみでルーシーの手をくすぐる。ルーシーはジャックがこぼれおちないよう、手をなるべく水平にたもちながら、ジャックを頭上へと持ちあげた。ミニサイズのジャックの小さな指が、万が一にそなえて、ルーシーの手のひらをしっかりとつかむ。ルーシーは、軽くつねられているような感じがした。

ルーシーの手が通風孔《こう》の高さまでくると、ジャックは通風孔へとおりた。

ルーシーが投げいれた鎖編《くさりあ》みの球は、通風孔から二メートルほど奥で止まっていた。元のサイズの約半分になり、いまはちょうどジャックの腰《こし》の高さになっている。

ジャックがルーシーに向かって声をはりあげた。

「おれが球を押《お》して、エアダクトを通りぬければいいんだよな。こっちの作業が終わるまで、のぼりはじめないでくれ。電池が取りつけてあるとはいえ、ルーシーの体重で引きもどされたら大変だ。通風孔から転落したら、マジでヤバい！」

「うん、わかった」

ジャックが天井裏《てんじょううら》の真っ暗なエアダクトの中へ、ゆっくりと入っていった。

ルーシーは、ジャックの姿を想像してみた。大きな毛糸の球を押しながら、えっちらおっちらと進んでいく十三センチのジャック。そして、少しずつほどけて小さくなっていく毛糸の玉。ちょうど雪だるまを作るときと反対だ！

ルーシーはバケツから飛びおりて、バケツを元の場所にもどし、鎖編みが垂《た》れた位置までもどって、魔法《まほう》の鍵《かぎ》をひろおうとし、ふとためらった。広い廊下《ろうか》でミニサイズになるのには慣れているけれど、いまはジャックの合図があるまで、元のサイズで待ったほうがいい。

アメリカコーナーに移動してからはジャックお手製のはしごを使う必要があることを思いだし、はしごを丸め、ほぼ空っぽになったななめがけのバッグにしまった。

ジャックのわめき声がした。「ルーシー、オッケーだ！　ダクトを通りぬけられた！　長さは完ぺきだ！　たぶんアメリカコーナーの床《ゆか》まで届いてる！」

魔法の鍵をひろったルーシーは、気がついたらミニサイズで、巨大《きょだい》な電池の前に立っていた。ミニサイズのいまは、「アルカリ性」という電池の文字の長さが、ひじから手首までの長さと同じだ。鎖編みを見あげたところ、はるか頭上で消えているように感じた。

もっと早く通風孔にたどりつける方法が、ほかにあればいいのに——。

最初の一歩が、いちばんむずかしい。頭のすぐ上のけばだった毛糸をつかみ、電池の上にのった。すべりやすい丸太の上に立っているみたいだ。一瞬《いっしゅん》よろめいたあと、片足を鎖編《くさりあ》みの輪にかけ、もう片方の足もかけた。マーカーペンと同じくらい太い鉤《かぎ》針で編んだので、鎖編みの輪も大きい。いまのミニサイズの足には、大きすぎる！　体重で毛糸がたるみ、輪に足をかけるたびに、体が少ししずんだ。のぼっていくうちに、輪をいくつかすっとばし、大きく歩を進めるようになった。電池を重しにして鎖編みを固定しておいたのは、大正解だった。鎖編みの毛糸が垂《た》れているだけでは大きくゆれて、とてものぼれなかっただろう。

通風孔《こう》に近づき、ちらっと下を見て、胃をしめつけられた。足の下には、毛糸の輪しかない！　ミニサイズの自分にとっては、九階建てのビルくらい高いところにいるのに！

反対側に取りつけた電池は自分の体重をじゅうぶんささえられると信じていたが、毛糸をにぎって体をもちあげ、ダクトの水平な床《ゆか》にもぐりこんだときは、正直ほっとした。ここまでのぼるのに、約十五分かかった。

立ちあがったルーシーに、ジャックが声をかけた。「どうだった？」

「粘着《ねんちゃく》テープのクライミングルートにくらべれば、こわくなかったよ。のぼっているあいだずっと、毛糸の輪をつかめるから」

ルーシーとジャックは、道しるべとなる明かりのないまま、天井裏《てんじょううら》のエアダクトへと入っていった。エアコンが作動していて、背中に冷風が強く吹《ふ》きつけてくる。呼吸している生き物の腹の奥底へと、すいこまれていくような気分だ。真っ暗闇《くらやみ》でなにも見えず、果てしなく歩かされるような気がしてくる。

ルーシーは、自分にいいきかせた。十三センチのミニサイズで、美術館のエアダクトの中を動きまわっているなんて、考えちゃダメ！　けれど、いやでも意識しないではいられない。この数カ月で以前よりはるかに度胸がついたし、崖《がけ》っぷちに立たされて追いつめられる気分にも、だいぶ慣れた。それでも、ダクトがある地点でとつぜんとぎれることに変わりはない。しかも、ここは真っ暗闇だ。心臓《しんぞう》がドキドキする。頭の中で、耳ざわりな小さな声が警告した――ナニガオキテモ、オカシクナイ。

エアダクトを四分の三ほど進み、アメリカコーナーの照明が初めて見えたときは、ほっとした。出口の通風孔に近づくときは四つんばいになり、エアコンの風に吹きとばされないよう、毛糸の輪をつかんで進んだ。ルーシーはすでにのぼりで鎖編みの輪を体験していたせいか、くだりのほうが楽だった。しばらくすると、ふたりとも輪に足をのせず、すべり棒《ぼう》でおりる消防士のように、鎖編みの毛糸をすべれるようになった。といっても、スピードは出せない。ルーシーは、摩擦《まさつ》の熱で手が痛くなりはじめていた。

「スゲー！　ルーシーならきっと、登山者用のデカい鎖編《くさりあ》みを作れるぞ！」と、ジャックがルーシーをほめたたえる。

ふたりが下枠《したわく》の横まですするするとおりてきたとき、ジャックがとつぜん声をあげた。「あっ、銀貨が、また熱くなってきた！」

「ほんと？」

「ああ、まちがいない。いま、そばにある部屋は？」

ルーシーは、ミニチュアルームをおさめた木製の枠の裏《うら》の番号を見た。「ええっと……A12。マサチューセッツ州の部屋よ。十八世紀の」

ジャックはポケットに手をつっこみ、銀貨を取りだそうとした。が、片手で鎖編みの輪をつかんだままではうまくできず、銀貨をさぐっているうちに危うく落ちそうになった。

そこで、まずは床《ゆか》におりてから、銀貨を取りだした。「あれっ、ヘンだな。さっきは熱かったのに、いまは冷たい」

「あまり輝《かがや》いてもいないわね」と、ルーシー。

ジャックは、銀貨をポケットにしまった。「いったい、なんだったんだろう？　下枠のそばでは、マジで熱かった。マサチューセッツ州の部屋と関係あるのかな」

「帰りがけに、立ちよろうよ」

ルーシーはそういうと、魔法《まほう》の鍵《かぎ》を手ばなして元の大きさにもどり、A29〈サウスカロライナの舞踏室《ぶとうしつ》〉の下枠にフックを取りつけ、ジャックお手製のようじのはしごを垂《た》らした。そしてまたミニサイズになり、ふたりそろって下枠まではしごをのぼった。

舞踏室へのドアの外でいったん止まり、耳をすました。ふたりがフィービー・モンローに出会ったのは、この部屋をつっきって外に出た先の庭だった。真鍮《しんちゅう》製のドアノブをゆっくりとまわし、ドアの向かいの壁《かべ》にかかった鏡をのぞけるていどに、少し押《お》しあけた。その鏡には、ギャラリーからミニチュアルームをのぞきこんでいる観客の姿が映るのだ。見れば、ちょうどふたつの頭が、正面のガラスから遠ざかっていくところだった。

ルーシーは、ささやいた。「行くわよ。フィービーの秘薬本は、大きな飾《かざ》り戸棚《とだな》の中にあるの」

ルーシーは、飾り戸棚にかけよった。カーテンのかかったガラス扉《とびら》の奥で見つけたものをジャックにも見せられると思うと、いつも以上にわくわくする。取っ手がついたひきだしをあけ、前回見つけた鍵を取りだし、それをガラス扉の鍵穴にさしこんで扉をあけるまでの手順を、よどみなくこなす。真ん中の棚に、フィービーの秘薬本があった。「ポーチに出よう」

ポーチに出られるフレンチドアは、前回と同じく、あいていた。

外に出たら、むっとする、よどんだ空気につつまれた。鳥たちがかんだかい声で鳴き、湿り気をおびたそよ風が吹《ふ》きつける。庭からただよう濃い甘《あま》い香りが、鼻の中に広がった。ルーシーとジャックは、陽光であたたまった白いポーチの床《ゆか》に座《すわ》った。ポーチにいるかぎり、十九世紀の人間に見られる恐《おそ》れはない。

ルーシーは古い秘薬本をとじている革ひもをほどき、中身を読みあげた。ジャックが、となりからのぞきこむ。

〈とっこう薬、ぬり薬、せんじ汁、ちりょう法、ふくよう量にかんする、ごくひの完ぺきなきろく。せいれき一八四〇年、チャールストンのギリス家につかえるフィービー・モンロー〉

フィービーの秘薬本には、ありとあらゆる処方がそろっていた。風邪《かぜ》を治したり痛みをおさえたりするお茶といった飲料の調合も書いてある。ルーシーが知っている草花の名前もあり、それぞれ書きしるした日付が入っていた。フィービーは薬剤師かと思うほど几帳面《きちょうめん》に、何ページにもわたって大量の処方を詳細《しょうさい》に記していた。

エキナシアとセイヨウオトギリソウに関する記述を見て、ジャックが感想をもらした。「ドラッグストアで買えそうだな。薬というより日用品だけど」

ラベンダーで作った石鹸《せっけん》。アロエ・ベラのローション。ウサギギクやアカネグサ、オリーブやひまし油の効用まで、事細かに書いてある。

最後のほう、花粉症を軽くする処方のすぐあとを見て、ジャックがいった。「ん？　これは、なんだ？」と、明らかにいままでとはちがう記述を指さす。

それは花やハーブにはいっさい触《ふ》れず、〈観察記録、特性、成長処方〉という言葉で始まり、鉛《なまり》や銅《どう》や錫《すず》、銀や金といった、ありふれた金属のリストがならび、フィービーの字で実験結果が書きくわえてあった。金属をいろいろと組みあわせ、熱したり溶かしたりした記録だ。

「フィービーは、リストの金属をまぜあわせようとしていたみたいね」

「たしか、クリスティナの本に書いてあったよな。錬金術師《れんきんじゅつし》のことが！」

「ねえ、これを見て」と、ルーシーがある文を指さした。

〈以下のくみあわせは、大きさにえいきょうをあたえる。いや、ただの思いこみか？　目のさっかく？　それとも……〉

次のページをめくったら、カモミールとレモン・バームで作る乳児疝痛《せんつう》用の薬の製法がとちゅうから書いてあった。「あっ、ページが抜けてる！」

ルーシーは本をひらき、その動かぬ証拠《しょうこ》を見つけた。一ページがやぶりとられた、ぎざぎざの跡《あと》が残っていたのだ。

ジャックが不満をもらした。「なんだよ、一番大事なページなのに！　いったい、なにがあったんだろう？」

「あのね、あたし、思うんだけど……」

「いいたいことは、だいたいわかるよ。フィービーが、奴隷《どれい》用のタグの魔法《まほう》について、なにか知ってたんじゃないかっていうんだろ」

「きっとそうよ！」ルーシーは、ななめがけバッグをあけてみた。奴隷用のタグは光り輝《かがや》き、バッグの暗い底に転がっているのにもかかわらず、５８７という番号が見える。「うわっ、光ってる！」

タグをバッグから取りだしたら、顔にその光があたった。

タグは、まばゆい光を放って点滅していた。

7
声

「なぜ、光ってる？　どういうことだ？」と、ジャック。

「さあ……。なにも聞こえないわよね？」

前回この秘薬本を手にしたときは、魔法を思わせるようなことはなにも起きなかった。けれど、今回は起きてほしい、とルーシーは願っていた。魔法によって、Ａ１の部屋で、ミラノ公《こう》爵《しゃく》夫人クリスティナが自分の日記を読みあげる声が聞こえたように、過去からの声を聞きたい。

木立の中でさえずる鳥の鳴き声のひとつひとつが、前に耳にしたあの魔法の音ではないかと想像しつつ、ふたりとも少しのあいだだまって座《すわ》っていた。

「少しページをめくってみたら、どうかな？」と、ジャック。

ルーシーはなにかが起きるのを期待しながら、本をぱらぱらとめくってみた。けれど、チリンチリンという魔法の音は聞こえなかった。遠くから語りかけてくる声もしない。フィービー

の秘薬本はいろいろな植物とその植物の薬効性や治癒《ちゆ》効果について興味ぶかい情報がつまっていたけれど、魔法《まほう》とは無縁《むえん》のようだ。

ルーシーは秘薬本の最終ページをめくり、前回来たときにはさまっているのを見つけたメモ帳を、ジャックに見せた。そのらせんとじのメモ帳は、庭でフィービーと出くわしたときに、ルーシーがプレゼントしたものだった。

ジャックは、黄ばんでやぶれやすくなった紙をなでた。「うわっ！ ずいぶん古びちまったな！ ほんの数週間前にプレゼントしたばかりなのに」

「うん……。あたしたち、そこの庭で、本当に時間をさかのぼったんだね」と、ルーシーが庭を指さす。

ジャックがメモ帳をめくった。「秘薬本を書く前に使ったみたいだな。ほら、字の練習をしてる」

小文字と大文字のあとに単語が完ぺきに書けるようになるまでおさらいしたあとが何列もあることに、ルーシーは気づいた。最後のページまで、文字でうまっている。

「このメモ帳をフル活用したんだな」ジャックはふと物音を耳にし、庭のほうへ顔をあげた。

ルーシーも同じ音を聞きつけて、ささやいた。「向こうからこっちは、いっさい見えないいんだからね」

「わかってる」

ふたりとも耳をすまし、だれかの歌声であることに気づいた。男性の歌声が近づいてくる。ポーチの手すりをささえているカーブした柵《さく》のすきまから外をのぞいたら、ひとりの男性が庭に入ってくるところだった。着古してはいるが、やぶれてはいない服を着て、小さなシャベルとバスケットをひとつずつ持っている。小声で口ずさんでいるメロディーの歌詞までは、聞きとれなかった。かがんで作業をするたびに、ハミングになる。

そのとき、男性の歌声に別の声がくわわった。若い女の声だ。ほどなく、その声の持ち主が庭に入ってきた。

フィービーだ！

フィービーは、ソプラノのはずむ声で歌っていた。

マリアよ、どうか泣かないで、悲しまないで
晴れわたった朝にでも
わたしの翼《つばさ》にのって、空を切って

つづいて、男性の歌声が聞こえた。

死ぬと思ったそのときに
地下牢《ろう》がゆれて、鎖《くさり》がはずれた

そして、ふたりの声が重なった。

暴君の軍は溺《おぼ》れ死んだ
マリアよ、どうか泣かないで

ジャックはルーシーと顔を見あわせ、小声でいった。「おれ、この歌、聞いたことがある。古い曲だけど、母さんのブルース・スプリングスティーンのアルバムに収録されてた!」

フィービーは前に会ったときと同じ服装で、男性の指示どおりに草や植物を引きぬき、バスケットに入れていた。

ほどなくひとりの女性がやってきて、フィービーと男性は手を止めた。三人は花が咲きほこる濃い茂みにかくれて、ひそひそ話を始めた。「ギリス様が、フィービーをスミス家に貸しだしたいって」女性はそういうと、フィービーのほうを向いてたずねた。「おまえ、お屋敷《やしき》で働けるかい？　なにをすればいいか、わかっているのかい？」

「うん、母ちゃん」

「ちゃんと、いわれたとおりにできるかい？」

「うん。でも、父ちゃんは？　だれが、庭の手入れを手伝うことになるの？」

「ひとりで、なんとかなるさ」と、フィービーの父親が深いため息をつく。

「スミス家にお仕えするとき、あたしもタグをつけなきゃいけないの？」フィービーの声は、不満そうだった。

ジャックが、ルーシーを軽くこづく。

「そうなるだろうな」と、フィービーの父親が答え、母親もつけくわえた。

「つけなさい。ぐずぐず文句《もんく》はいわないの。脱走《だっそう》してきたと思われたら、ことでしょ！　なにをされるか、わかったものじゃない」

「おい、サリー」と、フィービーの父親が母親に話しかけ、あたりを見まわしてから、さらに声をひそめた。「来月、何人かまとまって、ここから逃《に》げるらしい」

「ちょっと、ベン、これ以上のもめごとは、かんべんして」と、母親が注意する。

「でもな、サリー、本当の話なんだ。つてがある。考えてもみろ。北部へ行けば、自由になれるんだぞ！　フィービーや、いずれ生まれる孫たちのことを考えろ」

「うわさは、いろいろと聞いてるわ。でも、成功した人はあまりいないっていうじゃない！　失敗したら、もっとみじめになるのよ」

「奴隷《どれい》のままじゃ、家族が永遠にはなればなれになるのは、時間の問題だぞ。これが、ゆいいつのチャンスかもしれない。金は、いくらか貯めてある。助けにはなるだろう」

ここで、フィービーが声をあげた。「母ちゃん、やってみようよ。あたし、学校に行きたいよう。奴隷制のない北部の子どもたちは、学校に通ってるんだって」

「そうだとも、サリー。フィービーを学校に通わせよう！　フィービーは、ひとかどの人間になれる。そうしたら、一家で働いてやっていけるさ」

「あたし、いっしょけんめい、勉強するから！」

フィービーは強くせがんだが、母親にたしなめられた。

「ないものねだりは、おやめ！」

「でも、母ちゃん――」

「しーっ！　やるとも、やらないとも、いってないさ。ただね、いやな予感がするんだよ。さあ、さっさと仕事にもどるんだよ」

フィービーの母親は、父親とフィービーを庭に残して去っていった。

「いまの話は、だれにもするんじゃないぞ」と、父親がフィービーに注意した。

「うん、父ちゃん」

フィービーと父親は無言でバスケットにレタスとトマトをつめ、庭から出ていき、姿が見えなくなった。

ルーシーは、いつのまにか止めていた息を、ふーっと吐《は》きだした。「タグだって！　フィービーのタグだったのよ。やっぱりね！　それが、どうしてハンドバッグの底にかくれてたのかな？」

庭を飛びまわる鳥たちのように、さまざまな疑問が頭の中を飛びまわっていた。

「いま、あっちは何年なのか、知りたいな」と、ジャック。

「なぜ？」

「秘薬本を見るかぎり、フィービーはこれを一八四〇年にチャールストンで書きはじめてる。いまの話だと、フィービー一家は北部への脱走《だっそう》を考えてるんだよな？」

「うん」

「実際に脱走《だっそう》したのか、脱走に成功したのか、気になる。あっちに行って、助けたいと思わないか？」

「思うわよ。でも奴隷《どれい》がどうやって脱走するのか、ぜんぜんわからないじゃない」

「危険なのは、まちがいないよな。でも……フィービーの立場が悪くなるようなことは、したくない」ジャックは、あきらめかけている。

「ここに座《すわ》ってるだけなんて、ああ、もう、じれったい！」と、ルーシーは首をふった。

ジャックが、秘薬本に手をあてる。「ソーン夫人は、どうやってこれを手に入れたんだろう？」

「あたし、ほかにも気になることがあるの」と、ルーシーは立ちあがった。「なぜタグは、いまも輝《かがや》いてるの？　秘薬本やメモ帳に、なにか起きているとしか思えない。ねえ、ちがう？」

「なにかって、たとえば？」

「具体的には、わからないよ」と、ルーシーは手のひらをひらいた。にぎっていたタグの光が、あたりに広がる。「でも、ほら、見てよ！」

「もう一度、部屋の中をチェックしようぜ」

二人はフレンチドアに近づき、ギャラリーからのぞいている観客がいないことを確認して二十一世紀へともどり、舞踏室《ぶとうしつ》を一周しながらタグの温度をたしかめた。タグは舞踏室のどこでも輝いたが、とくに輝きがます場所はなかった。

ジャックはカーテンのかかったガラス扉《とびら》をあけ、もう一度中をたしかめた。一番上の棚《たな》まではのぞけないが、つま先立ちをして、奥まで手でさぐってみた。「うーん……なにもないな」

ルーシーは、飾《かざ》り戸棚のひきだしをあけてみた。今回は前よりもさらに奥まで、光をあてた。

「空っぽだわ」と肩《かた》をすくめ、秘薬本を元の棚にもどす。

ちょうどそのとき、ルーシーはジャックに腕《うで》をつかまれ、舞踏室の外へ連れだされた。正面のガラスに、ギャラリーの観客の顔がうつる。

下枠《したわく》に出たふたりは、ルーシーの手のひらでまだ輝いているタグを見つめた。

「なにか見おとしている気がするの。もっと情報を集めないとね」

そのあと、A12に立ちよるため、ようじのはしごでいったん床《ゆか》におりた。だがミニサイズで床に立っていたら、とつぜん照明がまたたいて消え、ふたりは真っ暗闇《くらやみ》にのみこまれてしまった！

8

暗闇

「な、なに？　なぜ、電気が消えちゃったの？」ルーシーはやみくもに手を動かし、ジャックの袖《そで》をつかんだ。

同じくジャックも、ルーシーの袖をつかむ。「停電だな。ふだんは美術館がしまっているときでも、一部の照明はついてる。たぶん、すぐにつくさ」

「なんにも見えないよ。見える？」

保守点検用の廊下《ろうか》には、出口をしめす非常灯すらない。

「よし、行くぞ」と、ジャックが携帯《けいたい》電話のライト機能を作動させた。

「エアダクトにいるときも、そうすればよかったね」というルーシーに、ジャックは肩《かた》をすくめた。

「まあ、とくに明かりがなくても、なんとかなっただろ。反対側の照明の光が見えるまで進め

ばいいだけだし」

ジャックらしいな、とルーシーは思った。真っ暗闇《くらやみ》でも、予測のつく闇ならば、ジャックはなやまない。

「鎖編《くさりあ》みの輪は？　見えた？」ルーシーは不安のあまり、目を細めて廊下を見つめながらたずねた。いままでの経験から、ネズミや攻撃的《こうげきてき》なゴキブリといつ出くわしてもおかしくないのは、わかっている。

「いや、まだだ」

ふたりとも肩《かた》をよせあって、そろそろと進んだ。ようやく輪の端《はし》に取りつけた電池がちらっと見え、ふたりともかけよった。

「いいか、ルーシー、明かりなしで下枠《したわく》までのぼらなきゃならない。携帯電話を持ったままのぼるのは、おれにはむりだ。ルーシーには、できるか？」

「ううん。両手を使わないと、たぶんむり」

両手両足で輪をさぐりながら少しのぼっただけで、ルーシーは自分のいったとおりだと痛感した。何度か輪を踏《ふ》みはずし、暗闇の中、ぶらぶらとぶらさがる。

そのとき――。「しーっ。なにか、聞こえない？」

耳をすましたら、ギャラリーから声が聞こえてきた。「本日は停電のため、早く閉館します。出口へ、おまわりください」同じ言葉を、何度もくりかえしている。

「ちくしょう！　おれの銀貨が熱を持ったわけを、つきとめたかったのに！」

「どっちみち、こんな真っ暗闇《くらやみ》じゃ、いくらケータイの明かりがあってもむりよ。出なおすしかないわ。とにかく、急ごう！」

「よし、スピードをあげるぞ！」ジャックはさらに数センチのぼり、下枠《したわく》と同じ高さまで来た。

「あっ、まただ！　ポケットの銀貨が、熱くなってる！」

けれど、止まって調べるだけの時間はない。ぐずぐずしていたら、ギャラリーにもどったとき、もっともらしいいいわけをしなければならなくなる。

「上の階へ移動してください」ギャラリーの声が、またしても観客を上へとうながした。

ルーシーとジャックは鎖《くさり》の輪をけんめいによじのぼって、エアダクトにもぐりこみ、出口近くと思える地点まで走りぬけた。ルーシーは足を踏《ふ》みだすたびに、床《ゆか》がなかったらどうしようと不安だった。

「ねえ、ジャック、ケータイ！　エアダクトの端《はし》がどこか、たしかめないと！」

ジャックは、間一髪《かんいっぱつ》のところで携帯《けいたい》電話をひらいた。ふたりとも、ダクトの端からあと数センチのところまで来ていた！「うわっ、ヤバい！」

またしても、ギャラリーの声が聞こえた。「出口へ進んでください」

「いますぐ鍵《かぎ》を落として、大きくなったほうがいいんじゃない？」鎖編《あ》みの輪をつたって数センチおりた時点で、ルーシーがいった。

「そうだな。おれの手をつかんだまま、鍵を落とせるか？」

ジャックがうまく移動して、ルーシーの横にならんだ。ふたりとも同じ輪に足をのせ、もう片方の脚《あし》は宙につきだしている。ルーシーは、片手で毛糸の輪をにぎりしめた。「あたしの手首をつかんで！　つかまっていて！」と、あいたほうの手をポケットの鍵へのばす。

その鍵を床に放りなげると同時に、ふたりとも鉤《かぎ》編みの輪をいきおいよく手ばなし、急降下した。真っ暗闇だと、二メートル弱の落下がいつもより長く、より危険に感じる。ルーシーは、ふと思った――深海にもぐるダイバーは、真っ暗な海の底で、こんなふうに感じるんだろうな。

いつ足が床についたかわからなかったが、数秒後にはふたりともドサッと着地していた。

「ルーシー、ぶじか？」

「うん」と答えてすぐに、ルーシーはあることに気づいた。「あっ、ジャックのはしご！　サウスカロライナの舞踏室《ぶとうしつ》の外に置いてきちゃった！」

「取りに行くのは、むりだ。危険を覚悟《かくご》で、置いていくしかない」

「うん……そうだね」

ジャックが携帯電話《けいたい》のライトを使って床《ゆか》に落ちた鍵《かぎ》をさがすあいだ、ルーシーは鎖編《くさりあ》みの毛糸を手さぐりでさがした（ルーシーの携帯電話には、ライト機能がついていない）。それほど離れた場所に着地したわけではなかったので、毛糸はすぐに見つかった。何度か毛糸を引っぱって電池にまきつけ、できるかぎり早くまいて球にしてから、ななめがけバッグの中に投げいれた。

「あったぞ」と、ジャックが魔法《まほう》の鍵を床からひろう。

ルーシーが鍵をにぎりしめ、数秒後にはふたりともドアの下をくぐっていた。

11番ギャラリーは闇《やみ》にしずみ、異様なほど静まりかえっていた。明かりは、出口の赤い非常灯のみ。あたりには、だれもいない。

ルーシーとジャックは元のサイズにもどり、階段をかけのぼった。

玄関《げんかん》ロビーでは、警備員たちが残っていた観客たちをミシガン通りへの出口に誘導《ゆうどう》しているところだった。その中のひとりが、地下から階段をかけあがってくるルーシーとジャックに気づいた。

「そこのふたり、急げ！」

その警備員に、ジャックがたずねた。「なにがあったんですか？」

「シカゴのすぐ西で竜巻だよ。大きな変圧器が吹《ふ》っ飛ばされた」

ガラスの扉《とびら》までたどりついたとたん、館内にいるあいだに雨が降ったとわかった。通りの縁《えん》石《せき》にそって、雨水がいきおいよく排水溝《はいすいこう》へと流れこんでいる。でも、空はもう青い。停電で信号が使えないので、交差点には警官たちが立ち、交通整理をしている。アメリカ中西部では、よくある天候だ。まるでなにごともなかったかのように、嵐はすでに去っていた。

バスでジャックの家にもどる道すがら、ふたりとも母親に居場所をメールで知らせた。美術館の地下にこもっていて——いや、それどころか、十八世紀と十九世紀の世界にいて——外で荒れくるう嵐に気づかなかったなんて！　ヘンなの、とルーシーは思った。

「ねえ、ジャック、もしあたしたちがタイムトラベルしているあいだにソーン・ミニチュアルームになにか起きたら、どうなると思う？」

「なにかって、竜巻とか、火事とか？」

「うん。あたしたち、ちゃんともどってこられるかな？」

「うーん、考えたこともなかった。なんか、こわいよな。まあ、まずありえないけど」

「それは、そうなんだけど……」

バスの窓から外を見た。ふだんは昼間でもついている〈営業中〉といったネオンサインが、いまは消えている。

「よほどひどい竜巻だったんだね」

「あーあ、なんで、よりによって今日なのかなあ。おれの銀貨になにが起きているのか、つきとめたかったのに。〈A12〉に特別なものがあるかもしれないだろ」

「火曜日は午前授業だよ。火曜日に〈A12〉を調べればいいじゃない。フィービーの部屋のことも、もっと知りたいし」

バスがジャックの家の角に到着し、ジャックがバスの席からいきおいよく立ちあがった。

「おりるぞ！」

自宅の玄関《げんかん》前で、ジャックはポケットから家の鍵《かぎ》を取りだした。いっしょに奴隷《どれい》用のタグも引っぱりだし、ルーシーの手のひらに落とした。

「まだあたたかくて、光ってる」と、ルーシー。

ただの古びた金属片の点滅する光に、ルーシーもジャックも目をうばわれた。ルーシーはその光に好奇心《こうきしん》を強く刺激《しげき》され、額《ひたい》にしわができるほど深く考えこんだ。

「あたしね、ケンドラの家で見た金属の箱が、どうしても気になるの。ハンドバッグの模様《もよう》とそっくりの刺繍《ししゅう》がほどこされた、あの箱が……。ハンドバッグには、奴隷用のタグがかくされていた。そのタグを追いかけたら、フィービーの秘薬本にたどりついた。もしかしたらソーン夫人は、秘薬本なんて、ぜんぜん知らなかったのかも」

「かもな。でも、すべてつながっているような気がするよ」

9

ケンドラの先祖

あと一日か二日、どうか停電がつづきますように——と、シカゴ中の子どもたちが祈《いの》ったが、その祈りは届かなかった。日曜の夕方には電気が復旧してしまい、月曜日には学校がいつもどおりに始まった。

月曜の最後の授業で、ルーシーたちは、先祖《せんぞ》について発表する最後のメンバーのレポートに耳をかたむけた。ブラジル出身のミゲルの話を聞くかぎり、ミゲルの一族はどの世代も冒険《ぼうけん》ばかりしていたようだ。ケイティー・ホブソンの祖父は、イギリスのリバプールにいた当時のビートルズを知っていたらしい。

そして、最後にケンドラが発表した。「わたしも、奴隷《どれい》の子孫です……」と、ケンドラは誇《ほこ》らしげにいった。興味深いことに、先週、二名のクラスメートも、奴隷の先祖について発表していた。「わたしの先祖は、南北戦争前に奴隷として使われていた家から逃《に》げだし、自由な身

分の女性として、シカゴで生活を始めました。どうやって自由になったのかは、記録がないのでわかりませんが、なんらかの方法で自由になったのです。それは、大変な危険をともないました。というのも北部では、アフリカ系アメリカ人はつかまって、南部に送りかえされる恐《おそ》れがあったからです。わたしの先祖は幼《おさな》い息子をつれてシカゴにやってきて、商売を始めたことがわかっています。その商売は、息子から孫娘《まごむすめ》へと引きつがれました……」

そして、その孫娘にあたるケンドラの曾《そう》祖母が会社をおこして成功させたのだ——と、ケンドラは語り、額縁《がくぶち》に入った曾祖母の写真をかかげた。ケンドラ宅の廊下《ろうか》の壁《かべ》でルーシーが見た写真だ。

「この写真は、曾祖母が絶頂期のときに撮影《さつえい》されたものです。当時、事業をいとなんでいた女性は、ほとんどいませんでした。当時のアメリカでは、まだ人種差別が法律でみとめられていたのです」

ここで担任のビドル先生が、人種分離法について説明した。当時のアフリカ系アメリカ人は、白人と同じ学校には通えず、白人と同じ水飲み場も使えなかった。バスに乗っても座《すわ》れるのは後部座席《ざせき》のみで、しかも白人が全員座っていなければ、座ることをゆるされなかった。

「だからこそ、ケンドラのひいおばあさまの業績は、特別だったのですね」と、ビドル先生はしめくくった。

しかし、ケンドラの話は、ここから風向きが変わった。一九二〇年代から三〇年代のシカゴでは、権勢をほこるボスたちがギャングとよばれる組織を牛耳《ぎゅうじ》っていたのだ、とケンドラは説明した。

ルーシーは、前にジャックからアル・カポネというギャングの話を聞いたのを思いだした。ジャックの語るギャングは、かっこよくて魅力的《みりょくてき》だった。けれどケンドラの一族がたどった歴史は、ギャングの横暴さをきわだたせる内容だった。

当時、女性は標的にされやすかった。アフリカ系アメリカ人の女性は、とくにそうだ。ケンドラのひいおばあさんの事業はかなりの収益《しゅうえき》をあげており、ギャングはその事業の企業秘密を盗《ぬす》むと同時に、企業秘密を盗まれたのは自分たちのほうだと、ケンドラのひいおばあさんに濡《ぬ》れ衣《ぎぬ》を着せたのだ。結局、ひいおばあさんはギャングのボスたちとの裁判に負け、事業を取りあげられた。名声に泥《どろ》を塗《ぬ》られ、どろぼうというレッテルを貼《は》られてしまったのだった。

ケンドラは、この裁判を取りあげた当時の新聞の切りぬきを、いくつかかかげて見せた。ある記事には〈悪徳黒人女、処方を盗む〉という見出しがおどっていた。〈根拠《こんきょ》も証拠《しょうこ》もなく有罪〉という見出しもあり、最後の記事の見出しは〈主張はみとめられず。黒人女は有罪〉と太字で書いてあった。

それを見て、ルーシーはあることに気づいた。ケンドラのひいおばあさんは、新聞に名前すら書いてもらえなかったのだ。あんまりだ！

裁判の最中に撮《と》られた写真が回覧《かいらん》され、生徒たちは疲《つか》れきった悲しげな顔の女性を見た。さきほどの額縁《がくぶち》に入った写真のいきいきとした女性とは別人のようだ。

この女性には、見おぼえがある——。ルーシーは、いままでになく強く、そう感じた。ケンドラ宅で経験した、あのふしぎな感じと似ている。教室の前に立っているケンドラを見た。うん、ちがう、ケンドラはひいおばあさんとぜんぜん似ていない——。

担任のビドル先生が声をあげた。「ケンドラ、とても興味ぶかい話だわ。どのような事業だったの？」

「ヘルスケア製品です」

「つまり、その製品の処方が一族特有のものだと証明できなかったせいで、ギャングに事業を取りあげられてしまったということ？」

「はい、そのとおりです」

これが、ジャックのお母さんがいっていた〝一族のスキャンダル〟にちがいない、とルーシーは考えた。

ケンドラの話には、まだ先があった。「うちの母は、個人的に、事実を明らかにしたいと思いつづけています。母方の親戚《しんせき》は、処方が代々口頭でも伝えられてきたので、一族特有のものだと知っているんです。母方の一族の女性は全員、その処方を知っていて、使ってきました。母は、わたしの曾《そう》祖母が誠実で勤勉だったことを知っているんです」ケンドラは一息いれて、つづけた。「曾祖母は、犯罪者ではありません……」その声は、わずかにふるえていた。「母は、曾祖母の裁判について、なかなか情報を集められないでいます。でも、記録を正すまではぜったいにやめない、といっています。奴隷《どれい》だった先祖《せんぞ》は、大きな犠牲《ぎせい》をはらって自由を勝ちとりました。だからこそ、わたしたち一族は先祖に対して義務があるのだと、母はいっています」

ルーシーは、ケンドラが母親に負けずおとらず、一族の汚名《おめい》を晴らしたいと強く願っていることを実感した。

ケンドラは奴隷だった先祖の書類が入ったファイルをひらき、コピーを回覧《かいらん》した。「これからお見せするのは、うちの一族に代々引きつがれてきたものです」

こむずかしい書類かも、とルーシーは思っていた。ところがつくえに置かれた書類のコピーを見て、目をうたがった。

その書類は、一八三五年にサウスカロライナ州チャールストンで発行されたもので、女性の奴隷を他家に貸しだすという内容の正式な認可証のようだった。一枚目の先頭には、こう書いてあった。

奴隷登録番号　587

587番！　フィービーのタグの番号と同じだ！　ルーシーは、まばたきすらできなかった。ジャックはまだこの書類を見ていなかったが、ルーシーはすばやく手をあげ、できるだけ落ちついた口調で、ふつうに聞こえるように気をつけながら、確認のために質問した。

「ケンドラ、ヘルスケア製品って、具体的にどのようなものだったの？」

「ローションとか、石鹸《せっけん》とか、ハーブのエキスで作ったお茶や家庭薬。奴隷状態からぬけだしたあと、そういった製品を売って生活したの。収益《しゅうえき》のあがる事業に育てたのは、わたしの曾《そう》祖母なんだけど」

ルーシーは胸を高鳴らせ、手をふるわせながら、書類の最終行へと視線を走らせた。

所有者：マーティン・ギリス
貸出先：ミスター・ロバート・スミス
奴隷の年齢《ねんれい》：十歳《さい》

奴隷《どれい》の名前：フィービー・モンロー

書類が、ようやくジャックのつくえまでまわった。ルーシーは、ジャックが驚愕《きょうがく》するのを見た。ジャックはルーシーを見て、声を出さず、口だけ動かして伝えた。「フィービー！」

10

イザベルに要確認

火曜日の朝――。

ルーシーは緊張《きんちょう》し、落ちつかない気分で目がさめた。ベッドに起きあがり、不安をふりきろうとゆっくり呼吸する。身じたくをしつつ、頭の中ではフィービーが両親とかわした、自由になりたい、安全に暮らしたいという会話を、エンドレスに再現していた。

フィービーとその子孫がたどった運命について、ケンドラの話が頭から離れない。なぜ、なんの罪もない人に、そこまで過酷《かこく》な運命がふりかかるのだろう？

どうしたらいい？　ルーシーとジャックは、ケンドラの一家にとってとても重要なもの――フィービーの秘薬本――を発見した。ケンドラの先祖《せんぞ》であるフィービーこそ、ヘルスケア製品の処方の発明主だとしめす、なによりの証拠品《しょうこひん》だ！　フィービーが民間治療薬《ちりょうやく》の開発にかなりの時間と努力をついやした証拠でもある。

それなのに、すべてを取りあげられたなんて！

ふつふつと、はげしい怒りがわいてきた。ケンドラの一家は、取りあげられた事業を取りもどしたいと思っているわけではない。ケンドラの両親は自力で成功し、裕福で、金など必要ない。一家は、正義をもとめているだけだ。シカゴ美術館に飛んでいって、飾《かざ》り戸棚《とだな》から秘薬本を取りだし、そのままケンドラ宅へ持っていきたい！

しかし「はい、これ！」と、ただ手わたすわけにはいかない。どこで見つけたのかとまちがいなく問いただされるし、本当のことは話せない。うまい解決策を見つけなければ。ミニチュアルームの秘密を守りつつ、フィービーの子孫に秘薬本をもどせる解決策を——。

ルーシーの頭の中で、さまざまな不安がうずまいた。すでに魔法《まほう》を使ってミニチュアルームに入りこんだ人が複数いることは、ルーシーもジャックもわかっていた。飾り戸棚の中に秘薬本を入れたのは、だれ？　その人物が、まだ生きているとしたら？　ギャングと関係のある人が、まだ町にいるとしたら？　わからないことが多すぎる！　とにかく、あたしもジャックも慎重《しんちょう》に事を進めないと——。

フィービーの秘薬本がカーテンのかかった飾り戸棚の奥にたどりついた方法と理由は、つきとめられる気がしていた。少なくとも、ケンドラに秘薬本についてどう語るか、考える手がかりにはなる。

まずはソーン・ミニチュアルームの記録保管所をあたろう、とルーシーは決めた。火曜日は午前授業なので、ルーシーもジャックも午後をまるまる自由に使える。

学校が終わると、ルーシーとジャックはすぐにバスに飛びのり、サンドイッチをかじりながら美術館に向かった。

記録保管所の学芸員にはあらかじめジャックがメールで連絡《れんらく》し、二月に書いたようなレポートをまた書くことになったと伝えてあった。すでに顔見知りだったので、今回は大人のつきそいなしで行ってもいいですよね、と了解もとりつけていた。

「急なお願いだったのに、むりを聞いていただいて、ありがとうございます」ルーシーは、A29〈サウスカロライナの舞踏室《ぶとうしつ》〉のファイルを持ってきてくれた学芸員にお礼をいった。

「A12のファイルも見せてもらえますか？」と、ジャックがすかさずお願いする。

「ケープコッドの部屋ね？　いいわよ」と、学芸員は資料を取りに行った。

ジャックが、ルーシーをにらみつけた。「ケープコッド？　A12がケープコッドの部屋だと、なぜいってくれなかったんだよ！」

「しーっ！　ミニチュアルームのカタログは読みこんでるけど、すべて完ぺきにおぼえてるわけじゃないわ。マサチューセッツ州の部屋ってことは、いったでしょ」

「まあ、そうだよな。ごめん。ケープコッドなら、かなり意味がちがってくるんで、つい……。おれの先祖《せんぞ》のジャック・ノーフリートの船は、ケープコッドの近くでしずんだんだ」

「あっ、そうだったね。フィービーの部屋にすっかり気を取られて、カタログに手がかりをさがすなんて考えもしなかった。たしかに、それは重要よね」

学芸員がやる気がうせるくらい大量の書類を持ってきてくれ、ルーシーとジャックはさっそく作業にとりかかった。

ジャックはA12のケープコッドの部屋にかかりきりになるにちがいない。ルーシーは、もうひとつの仕事に集中するつもりだった。フィービーと、フィービーの奴隷《どれい》用のタグと、例のハンドバッグと秘薬本について情報を――ケンドラ一家に秘薬本を返すために役立つ情報を――なんでもいいから見つけるのだ。

問題は、ルーシー自身、具体的になにをさがせばいいのか、よくわかっていない点だった。どれだけささいなヒントでも、役立つ情報につながるかもしれない。なぜ秘薬本がサウスカロライナの部屋に置かれることになったのか、その理由を知っていた人物が、いつか、どこかに存在したはずだ。めずらしい情報や、サウスカロライナの部屋には不自然なものを見つけたい。

そういった細かいことが、重要な意味を持つかもしれない。

A12の〈ケープコッドの居間〉のファイルを猛然《もうぜん》とめくりはじめたジャックのほうは、ついていた。調べはじめてすぐに見つけた書類で、書き物づくえとボトルシップそれぞれの横に「*」がついており、そのページの下部に注釈《ちゅうしゃく》がついていたのだ――〈この二点の活気のある貴重な品は、ボストンからペアで送られてきたアンティーク。この二点は、ばらばらにしないこと〉。

ジャックが、興奮《こうふん》した声でいった。「重要情報、発見！　ソーン夫人のいう〝活気〟の意味は、もう知ってるよな！」

各アイテムの費用を細かく記した書類のファイルもあれば、古美術商やミニチュア専門店からの手紙が入ったファイル、家具のラフなスケッチや、ミニチュアルームの詳細《しょうさい》な設計図が入ったファイルもある。情報はありあまるほどあったが、ルーシーのほしい情報は見つからない。

二時間後――。ルーシーはため息をつき、座《すわ》ったまま、イスごと下がった。「あーあ、なんにもヒットしない。まだ、こんなに書類があるのに」

大量の書類の山にとりくむと考えただけでぞっとしたが、また作業にもどって一時間後、ルーシーはあるものに目を止めた。A29〈サウスカロライナの舞踏室《ぶとうしつ》〉のラグ――ルーシーのハンドバッグと同じ模様《もよう》、同じ色づかいのあのラグだ――の寸法や細部について書かれたページの下に小さくひとこと、手書きのメモがそえてあった――〈イザベルに要確認〉。

「ジャック、見て！　これって、重要じゃない？」

「なにかありそうだな。イザベルって、だれだ？」

「イザベルという名前がいままでになかったか、さかのぼって調べてみようよ」

ふたりはチェック済みのファイルをひらき、各ページを丹念《たんねん》に調べはじめた。だが、わずか数ページ調べたところで、学芸員があらわれた。「悪いけれど、もうすぐ閉館なの。そろそろ終わりにしてね。成果はあった？」

「はい、少しだけ。あのう、前にミニチュアルームにかかわった人の中に、イザベルという名前の人がいませんでしたか？」と、ルーシーは手書きのメモを学芸員に見せた。「このメモを書いた人に、心あたりはありませんか？」

「うーん、そうねえ……。筆跡《ひっせき》には、見おぼえがないわ。書いた可能性のある人なら、それこそ山のようにいるけれど」

学芸員は別の書類棚《だな》に行き、一分ほどさがしてから、一冊の厚紙のフォルダーを引きぬいた。

「きっと、何年も前にここでボランティアをしただれかね。話を聞いたおぼえがあるけれど、ご本人はまだ生きていらっしゃるかしら。けっこうなお歳《とし》のはずよ」と、フォルダーの中の書類にざっと目を通し、さがしていた名前を見つけた。「あっ、あった。イザベル・サン・ピエール。この名前をいままで思いださなかったなんて、驚《おどろ》きだわ。一時期、ソーン夫人にとって、とても大切な人だったのよ」

学芸員はルーシーにその書類をわたした。それは名前と住所のリストで、最後の方にイザベルの名前があった――〈イザベル・サン・ピエール、メゾン・グリ、ウォッズワース通り〉

「ん？　これは、住所じゃないぞ」ジャックが携帯《けいたい》電話を取りだし、イザベルの名前で住所と電話番号をすばやく検索《けんさく》した。「うーん、ヒットしないな」

「メゾン・グリは、灰色の家、という意味よね」と、ルーシーがフランス語の意味を解説する。

「ウォッズワース通りの場所はわかる。ここから、そう遠くないぞ」と、ジャックは腕《うで》時計で時間をたしかめた。「うーん、でも、今日は時間がおそいな」

ふたりは学芸員に礼をいい、バックパックを持って席を立った。

「その人、きっと見つかるさ」と、ジャック。

「あたしたちの質問にすべて答えてくれるといいんだけど」

夕食の食卓を整えるとき、ルーシーはすっかり上の空で、ほかのことばかり考えていた。イザベル・サン・ピエールをさがしに行くとき持っていけるように、まずはフィービーの秘薬本を取りに行こうと、すでにジャックと決めていた。たとえイザベルが見つからなくても、秘薬本がA29〈サウスカロライナの舞踏室《ぶとうしつ》〉のカーテンがかかった飾《かざ》り戸棚《とだな》の奥に置かれたままでは、なんの役にも立たない。

けれどジャックは野球の練習が、ルーシーは歯医者の予約があり、美術館は金曜の放課後までおあずけだ。

ルーシーは、ケンドラの言葉と、フィービーの秘薬本と、イザベル・サン・ピエールが気になってしかたなかった。ジャックの硬貨《こうか》のことまで、つい考えてしまう。

しかしなんといっても気になるのは、フィービーが直面したであろう危険だった。

夕食の席で、ルーシーは父親に、南北戦争のころのアメリカについてたずねた。ルーシーの父親は歴史の教師で、ルーシーの質問に喜んで答えてくれた。「南北戦争のおかげで奴隷《どれい》制度が終わり、自由の身となった奴隷たちは白人と同じように暮らせるようになった、と考えがちなんだが、残念ながら、かならずしもそううまくはいかなかったんだ。自由の身になっても、安全で快適な暮らしが約束されたわけじゃないからね」

「じゃあ、南北戦争の前に北部へ逃《に》げのびた奴隷は、どうなったの？」

「奴隷制度のない州へ逃げても、所有者に追いかけられてつかまり、また奴隷にもどされた可能性があるね」

「お金をためて、自由を買った奴隷だとしたら？　そういう奴隷は無事だったの？」

「その点については、興味ぶかい史実がある。いったん奴隷に生まれついた者は、たとえ自由になっても、なかなか世間に納得してもらえなくてね。奴隷の所有者が金を受けとっておきながら、金をもらったおぼえはないといいはるケースはざらにあったし、法律もまず奴隷の味方にはなってくれなかった」

自分の一族がそんな目にあったとしたらどう思うだろう、とルーシーは想像してみた。自分の先祖《せんぞ》が、そんなむごい仕打ちをうけたら？　ケンドラが授業で見せてくれた新聞の屈辱的《くつじょくてき》な見出しを思いだした。ケンドラとケンドラのお母さんが真実を公にしたいと願うのは、もっともだ。しかもその真実を、あたしは知っている！

ルーシーはそのことで頭がいっぱいで、ほかのことに集中できず、そのあとの数日間は、破《は》裂《れつ》寸前の風船のように落ちつきをなくした。とにかく、なんとかしてケンドラの一家にフィービーの秘薬本を届け、真実を知らせるのだ。

11

パチンコ

金曜日の放課後――。ルーシーは美術館に足早に入り、広い階段をおりながら、ジャックに反論した。「でも、五時までしか時間がないんだよ」

火曜日以降、ミニチュアルームにもどってくるのは今日が初めてだ。A12〈ケープコッドの居間〉とA29〈サウスカロライナの舞踏室《ぶとうしつ》〉、どちらに先に行くかで、ふたりはバスの中からもめていた。

「なあ、いいだろ。ケープコッドの部屋に先に行って、おれの銀貨がどうなるか、見てみようぜ！」ジャックは、早くもやる気まんまんだ。

ルーシーにも、その気持ちはよくわかる。ジャックと同じ立場ならば、そうしたいと思ったにちがいない。それでも、ルーシーの秘薬本を持ちだすほうが先だ。「ぜったい、サウスカロライナの部屋に先に行くべきよ。フィービーを助けなくちゃ。フィービーを……ケンドラも」

思い入れが深すぎて、過去と現在がつい、ごたまぜになってしまう。「あたし、一秒で取ってくるから。どっちの部屋も行けるわよ」

11番ギャラリーでは、ガイドが率いるツアー客が入り口にひしめいていた。身勝手な話だが、ルーシーとジャックは美術館の観客たちが邪魔《じゃま》に思えてしかたない。

ふたりとも、壁《かべ》のくぼみのそばをえんえんとうろついた。ある警備員の視線を感じたので、ルーシーはくぼみから少し離れ、Ｅ３の部屋をのぞきこんだ。Ｅ３は床《ゆか》がチェス盤《ばん》のように白黒で、天井《てんじょう》に凝《こ》った模様《もよう》が描かれた、イギリスの豪勢《ごうせい》な客間だ。ジャックも、となりに立つ。

そのとき——。「ちょっと、いいかしら」と、ルーシーを見つめていた警備員がルーシーの肩《かた》を軽くたたいた。

ルーシーは、体をこわばらせてふりむいた。「はい？」

「美術品どろぼうをつかまえたのは、あなたたち？」陽気な顔つきの太った女性警備員がたずねた。

ルーシーは本音をいえば注目されたくなかったのだが、だまってうなずいた。

「はい、そうです！」と、ジャックが笑顔で答える。

「やっぱり！　このあいだ、美術品どろぼうのことが話題になってね……」と、女性警備員はえんえんとしゃべりつづけた。

ルーシーは、いらいらしてきた――この人、いつまでしゃべるんだろう？　放っておいてほしいのに！

ルーシーもジャックも礼儀《れいぎ》正しく笑みをうかべていたら、ようやく一組の老夫婦がなにかたずねに近づいてきて、おしゃべりな女性警備員は老夫婦をエレベーターへと案内して離れた。

ジャックが鍵《かぎ》を取りだし、ふたりは二歩で壁《かべ》のくぼみへともどり、魔法《まほう》のうずに飲みこまれ、ぐんぐんちぢんでいった。

ドアをくぐって、ジャックがいった。「ふう、ずっとしゃべりつづけるのかと思ったぜ！」

「ほんとにね」

鎖編《くさりあ》みの輪をつたってエアダクトを通過し、アメリカコーナーの廊下《ろうか》に出たころには、四時近くになっていた。

ジャックお手製のはしごは、前回置いてきたまま、A29〈サウスカロライナの舞踏室《ぶとうしつ》〉の下《した》枠《わく》から垂《た》れていた。峡谷《きょうこく》のような廊下をわたったり、はしごをのぼったり、下枠を歩いたりするのにすっかり慣れ、ルーシーは軽わざ師にでもなった気分ですばやく動いた。

下枠で、ルーシーはジャックに声をかけた。「ここで待ってて。すぐにもどるから」

そしてギャラリーからのぞく観客がいないのを確認し、A29に飛びこんだ。フィービーの秘薬本は、前回同様、飾《かざ》り戸棚《とだな》の中に置いてあった。それをななめがけバッグに入れると、達成感で胸がいっぱいになった。ケンドラ一家が必要としている証拠《しょうこ》は、ちゃんとバッグにしまった。あとは、フィービーの子孫であるケンドラたちに引きわたせばいい。

下枠に出て、ジャックにいった。「取ってきたよ！」

「オッケー！」

「ジャックの銀貨を調べる時間は、あるよね」

A12〈ケープコッドの居間〉に行くには、廊下をつっきらなければならない。ルーシーがいい終わらないうちに、ジャックは早くもはしごをおりていた。

「よーし、競争だ！」ジャックがルーシーに声をかけ、床《ゆか》へとジャンプし、反対側をめざして、うす暗い廊下をかけだした。

廊下の反対側まではわずか三メートルだが、ミニサイズのふたりには三十メートルに感じられる。

「あっ、ずるい、フライングだ！」

ルーシーはジャックの姿を見つめながら、声をはりあげた。

そのとき、鎖編《くさりあ》みにした毛糸の先端《せんたん》に取りつけた電池のすぐそばで、なぜかジャックがとつぜん、ぴたっと止まった。「ルーシー！　助けてくれ！」

「どうしたの？」ルーシーは、スピードをあげた。

「う……動けない！」ジャックの声は、うろたえていた。

ルーシーは廊下《ろうか》をかけだした。進むにつれて、ジャックが足を踏《ふ》みだした状態でかたまっているのが見えた。まったくというわけではないが、ほとんど動けないようだ。ひょっとして、魔法《まほう》の新たな副作用？

「ルーシー、動くな！」ジャックが叫《さけ》んだが、おそかった。ルーシーは、なにかが左腕《うで》に、つづいて左足に貼《は》りつくのを感じた。ふりきろうとしたが、腕と袖《そで》にからみついて、はがれない。熱せられた歩道に貼りついたガムよりも、べとべとする。「きゃあ、イヤ！　クモの巣！」

ルーシーは信じられなかった。クモの糸は釣《つ》り糸のように透明《とうめい》で、うす暗がりではほとんど見えない。そのクモの糸は、壁《かべ》と床《ゆか》に三角形に固定されていた。

ジャックが、体をひきはがそうともがいた。「クモの糸は、メチャクチャがんじょうだって……本で知ってたけど……大げさじゃなかった！」

「う、ううっ！」

ふとルーシーは、恐《おそ》ろしい事実に気がついた。クモの巣を作るのはクモだ。ということは——。

顔を動かし、視線をあげ、最悪の悪夢が忍びよりつつあるのを見て絶叫《ぜっきょう》した。「ジャ、ジャック！」

ジャックも、同じ悪夢を見ていた。しかも、ジャックのほうが位置が近い。

その悪夢は色のうすい小がらな家グモではなく、毛むくじゃらの、ぞっとするような大きな黒いクモだった。毛むくじゃらの胴体《どうたい》が逆トゲのついた鎧《よろい》のように見え、氷のようにきらめいている。

悪夢のクモは壁をつたって、ふたりのほうへおりつつあった。

ルーシーはもう一度、獲物をとらえて命をうばう武器を持つ黒いクモを見あげた。歯のようにとがった触肢《しょくし》が頭の下半分からつきだし、獲物をさがしてはげしく動く。複数の目はジャックをひたととらえていた。『シャーロットのおくりもの』のお話で子ブタのウィルバーをやさしく見つめる、あのクモのシャーロットとは、似ても似つかない。ここにいるクモは、怪物《かいぶつ》だ！

「ルーシー、ふりきれ！」と、ジャックが叫《さけ》ぶ。

クモは、ジャックの声になんの反応もしめさなかった。耳が聞こえないのか？　クモの行動について、ルーシーはとぼしい知識をかき集めた。だが、ぶきみで、予測不可能で、いまは恐るべき敵ということしか、わからない！

クモは拷問《ごうもん》を思わせるほどじわじわと、ジャックに近づいていた。八本の脚《あし》のそれぞれが別々に動いているが、動きがみごとにシンクロしていて、いやでも目をひきつけられる。

「わかってるよ、ジャック！　わかってるけど！」

右半身は肩口《かたぐち》がクモの巣に貼《は》りついているだけで、脚は完全に自由に動く。多少は体を動かせるが、放射状のクモの巣は、接着剤のついた巨大《きょだい》なゴムのようだ。左半身を強引にひきはがそうとしたが、力が足りない。この糸をふりきれる者などいないだろう。

「ルーシー、元のサイズにもどれないか？　は、早く！」ジャックの声は、悲鳴に近かった。

「右半身はくっついてないけど、鍵《かぎ》は左のポケットの中なの。糸にさわらないようにして、取りださないと……」

ポケットから鍵を取りだすことなど、わけもなかっただろう——アドレナリンが吹《ふ》きだして、全身がわなわなとふるえてさえいなければ。

ルーシーはジャックへと近づいていく怪物《かいぶつ》をあえて見ず、ジーンズのポケットに全神経を集中した。右腕《うで》を体から離さず、腹にヘビのように巻きつけて、ななめがけバッグのストラップの下にくぐらせる。

「早く！」ジャックが悲鳴をあげた。クモが、せまりつつあるのだ。

ルーシーは、ポケットの中に手をすべりこませた。ポケットは深かった。体をよじって手をのばし、ようやく指先に鍵があたった。それをそうっと手のひらにのせて、にぎりしめる。手を少しだけ動かし、クモの巣をさけて、鍵をはじいた。

いつものようにスムーズに大きくなれると思っていたのに、左半身に貼りついたクモの巣に引っぱられた！　右半身はぐんぐんふくらんでいくのに、左半身は下へ、下へと引っぱられていく。ああ、あたし、ちぎれちゃうかも！　これまでの人生が、走馬燈《そうまとう》のように、目の前をかけめぐる――。

だがそれもほんの数秒間で、ルーシーは元のサイズにもどった。元のサイズならば、クモの糸より強い。クモの糸を引きはがしたら、巣そのものも引きちぎれ、はずみでジャックがパチンコで飛ばされる石のように吹っ飛んだ。宙を飛び、やけに大きな音を立てて床《ゆか》に激突したきり、動かない。

ルーシーは四つんばいになって、呼びかけた。「ジャック！　ジャック！　だいじょうぶ？」

「クモを……殺して……くれ」ジャックはやっとのことでそういうと、頭を力なく床につけた。みるみるうちに、顔が青ざめていく。

ルーシーは立ちあがり、壁《かべ》へとかけよった。クモは八本の脚をけんめいに動かし、全速力で壁《かべ》をかけのぼっていた。ルーシーは、壁に向かって片足をあげた。いまのクモは、硬貨《こうか》くらいの大きさの、ただの毛深い黒い虫だ。いつもなら、そのまま逃《に》がしてやっただろう。けれどジャックが床《ゆか》で弱っている以上、ためらっている場合ではない。

ルーシーは、そくざにクモを踏《ふ》みつぶした。そして、ミニサイズのジャックの元へもどった。

「ジャック！　聞こえる？」

返答はない。ジャックの胸が動いていない。息をしていない！

ルーシーは、恐怖《きょうふ》のあまりパニックにおちいった。「ジャック！」

12

非常口

果てしなく長く感じる時間がすぎてようやく、ジャックが目をあけ、大きく息を吸った。

「ふう……息が切れた」頭を床につけたまま、消え入りそうな、かすれた声でいう。数分間、寝《ね》そべったまま動かず、深呼吸をくりかえし、ようやく声をあげた。「まいったな！　こんなことになるなんて！」

「ほんとだね」最悪の事態にはならずにすんでほっとし、ルーシーはあらためてジャックの全身に目を走らせた。ジャックは、両手両足を大きくひろげている。体に力が入らないようだ。「骨が折れちゃった？」

「うーん、どうだろうな」ジャックは、足と指を動かしてみた。「もうしばらく、このままでいないと、ダメだな」いったん目をとじてから、片目をあけた。「元のサイズのままでいてくれよな？」

ルーシーはうなずき、座《すわ》ったまま、壁《かべ》に力なくもたれた。恐怖《きょうふ》のあまり、膝《ひざ》ががくがくする。

ジャックは三十分ほどで気を取りなおし、鎖編《くさりあ》みの輪をのぼれるくらいにまで落ちついた。

だが、そんな悠長なことはいっていられなかった。

「当館は、あと五分で閉館となります」

「ケープコッドの部屋に、行けなくなっちゃったね」と、ルーシー。

ようやく起きあがれるようになったジャックが、腕《うで》時計で時間をたしかめた。「ヤバイな。鎖編みをのぼってダクトを通りぬけるのに、少なくとも二十分はかかる」

「じゃあ、こっち側のドアをあけて、こっそり出ればいいじゃない。前にも、そうしたでしょ。あとは警備員に、トイレかどこかにいたって思ってもらえるかどうかね」

「いや、それが……いいにくいんだけどさ……」

「なによ？」と、たずねたルーシーに、ジャックは首をふった。

「えっ、ひょっとして、こっち側のドアの鍵《かぎ》を持ってこなかったの？」

保守点検用の廊下《ろうか》に出るためのドアは、いったんとじるとオートロックで鍵がかかってしまう。ジャックはどんな雑学や史実も一度読んだら忘《わす》れないくらい頭がいいのに、宿題やテストやどうでもいいと思っていることは、すぐに頭からぬけおちてしまうのだ！

「うん……ドアの下をくぐるのに慣れてたもんで、つい、うっかり」

「とにかく、一晩中ここに座ってるわけにはいかないわ」と、ルーシーは立ちあがった。「通風孔《こう》まで全部のぼらなくていいよう、あたしの手の届く一番高いところまで運んであげる」かがんで、ジャックをつまみあげる。

「そりゃ、どうも」と、ジャック。

ルーシーは、通風孔の三十センチほど下の輪にジャックがしっかり足をのせるのをたしかめてから、残りの輪をジャックがのぼっていくのを見まもった。そのあと廊下の反対側に置きっぱなしになっていたようじのはしごを回収して丸め、ななめがけバッグの中にしまってから、自分もミニサイズにちぢみ、鎖編みの輪をのぼった。のぼりきるまで、もどかしいほど時間がかかった。

そしてヨーロッパコーナーへと出て、元のサイズにもどり、長い鎖編みをずるずると手元に引っぱりながら、不安を口にした。「なんか、マズいことになりそう」

美術館は、すでに三十分ほど前に閉まっていた。

「かもな。なあ、おれを持ちあげてくれよ。ドアの近くの地図を見てみようぜ」

「えっ、地図?」ルーシーは丸めた鎖をななめがけバッグの中に放りこみ、ジャックを持ちあげた。手のひらから、ジャックの小さな声が聞こえてくる。

「非常口が描かれた平面図。マジで、気づかなかったのかよ！　ほら、な？」

ジャックのいうとおり、掃除《そうじ》道具とカタログがしまってある箱の上の壁《かべ》に、平面図が掲示してあった。ホテルの客室のドアや学校など、公共の場でよく見かける案内図だ。

壁のくぼみに非常口があるのは、ふたりとも知っていた。保守点検用の廊下《ろうか》につながるドアの、すぐとなりだ。それでもルーシーは、非常口など思いつきもしなかった。目の前の案内図には、非常口のドアをあけてから外に出るまでの道順がしめしてある！

「うん、これは使えるな」と、ジャック。「ほら、ここ。ギャラリーの背後に、廊下があるだろ。どうやらこの廊下は、外に出られる非常口とつながってるらしい。ドアの外はミシガン通りだ」

「ほんとだ！　そのドアまで、ずっとミニサイズでいられると思う？」

ルーシーは、美術館で一晩すごしたあと、トイレに行ったときの衝撃《しょうげき》を思いだしていた。あのとき、ミニサイズのふたりはドアの下をくぐり、そのままずっとミニサイズでトイレに行き、トイレの個室に入った時点で元のサイズにもどるつもりだった。ところがトイレの近くまで来たとき、とつぜん元のサイズにもどってしまったのだ！　魔法《まほう》でちぢんでいられるのはミニチュアルームの近くのみ、という事実をしめす、初の証拠《しょうこ》だった。

「うん、たぶん。非常口のある廊下は、保守点検用の廊下と壁をはさんで平行に走ってるだろ。外に出られる非常口は、ミニチュアルームからトイレほどの距離はない。な？　まあ、希望的観測ってやつかもしれないけど。万が一、体が元のサイズにもどったら、そのまま非常口をあけるしかない。警報が鳴るかもしれないけど」

リスクが大きいように思えたが、それが最善《さいぜん》の方法だった。

「非常口のドアの下に、くぐれるだけのスペースがあるといいね」

ルーシーはジャックをおろして鍵《かぎ》をひろいに行き、ミニサイズになって走ってもどり、ジャックとふたりで保守点検用のドアの下をくぐった。

11番ギャラリーは、人気がなかった。ふたりはカーペットの上をつっきって、近くにある最初の非常口へと向かった。

「やった！　スペースは、ばっちりだ！」と、ジャックがドアの下に頭と両肩《かた》をつっこんだ。

ルーシーも同じようにし、ふたりそろってドアの向こうをのぞきこんだ。

そこには、ギャラリーとはまったくちがう光景が広がっていた。白く塗《ぬ》られた長い廊下で、書類整理棚《だな》がひとつと、事務用のイスがふたつ。あとは、なにもない。静寂《せいじゃく》の中、蛍光灯《けいこうとう》のブーンという音が響《ひび》く。

ドアの下をくぐりぬけてすぐに、ルーシーは小声でいった。「右の壁《かべ》にそって進もう」

ふたりとも、早足で進んだ。

廊下《ろうか》は11番ギャラリーと同じ長さだ。

壁にそって走りながら、ジャックがささやいた。「なにか感じたら、いってくれ。体が大きくなりはじめたりしたらな」別の廊下との交差点にさしかかった。「ここをわたったら、ミニチュアルームからさらに遠ざかることになる。外に出る非常口までは、たぶん……二メートル前後かな」

はるか向こうに見えるドアの上に、〈非常口〉と大きい赤字の標識が見えた。

「うわっ、広い！　サッカー場みたい……」ルーシーが、不安そうにいう。

「行けるさ、おれたちなら」

ルーシーは角からそうっと顔をだした。事務所のドアはあいていて、複数の声と足音がする。あわてて顔をひっこめた。美術館が閉館になっても、事務職員の仕事が終わるわけではない。

コツコツというヒールの音がした。女性が一名、ルーシーたちのほうへ廊下を歩いてくる。近づいてきたら、見つかっちゃう！　鍵《かぎ》の魔法《まほう》で透明《とうめい》になれればいいのに！

女性がそばを通りすぎようとしたそのとき、だれか男性に呼びとめられて、ふりかえった。

ルーシーとジャックは、壁に背中をはりつけた。かくれる場所はない。男性の足音が聞こえた。一歩一歩、振動《しんどう》までつたわってきて、足元が小さな地震《じしん》でも起きたようにゆれる。そのゆれが止まり、男性と女性が立ち話を始めた。

ルーシーとジャックは、ミニチュアの像のようにじっとしていた。ほんの少しでも動けば、男性か女性、どちらかの目に止まりかねない。二名の巨大《きょだい》な大人の話は、いっこうに終わる気配がない。

そのとき、女性が一枚の紙を床《ゆか》に落とした！

ベッドのシーツよりも大きい長方形の白い紙が一枚、ひらひらと落ちてくるのを、ふたりは目で追った。あと数十センチずれていたら、ふたりの上に落ちていたところだ。

ルーシーは、覚悟《かくご》をきめた。うわっ、恐《おそ》れていた最悪の事態！　つかまったら、なぜミニサイズなのか、鍵の魔法をばらさずに説明するのはむりだ。

女性が膝《ひざ》を曲げた。ところが幸運なことに、その女性は左ききで、ルーシーとジャックに背を向けた。ルーシーとジャックはぎりぎりのところで、女性の視界からはずれた！

女性は紙をひろい、男性とともに去っていった。

ルーシーとジャックは、同時に息を吐《は》きだした。まだ体がこわばっていて、動けない。心《しん》臓《ぞう》のどきどきがほぼおさまってから、ルーシーはまた角から顔をだした。「オッケー！　行くよ！」と、ジャックの袖《そで》をつかみ、猛《もう》スピードでかけだした。このままミニサイズでいられますようにと祈《いの》りながら、広いスペースを死にものぐるいでダッシュし、スリップしながら外に出られる非常口の前で止まる。

ジャックが、声をはりあげた。「早く！　くぐれ！　なんか、ヤバいぞ！」

「うん、わかってる！」ルーシーは四つんばいになって、ドアの下をくぐろうとした。Ｔシャツの首まわりがきつくなりはじめたちょうどそのとき、午後の陽光が見えた。上半身は、すでに外だ。脚《あし》もドアの下から引きぬいた。ジャックも、同じようにしている。

三秒もかからないうちに、ふたりとも元のサイズで、外階段の一番下の段に座《すわ》っていた。

ジャックが、息を切らしながら叫《さけ》んだ。「スッゲー！」

だれにも見られることなく美術館を無事に脱出《だっしゅつ》できて、ルーシーは心底ほっとしていた。ななめがけバッグをのぞきこみ、間一髪《かんいっぱつ》の脱出劇でフィービーの秘薬本が傷んでいないかどうか、たしかめた。秘薬本はちゃんとバッグの中におさまっていた。

ジャックを見たら、明らかに不満そうな顔をしていた。

それでもジャックはその表情を消し、肩《かた》をすくめていった。「ケープコッドの部屋は、明日、またチェックしようぜ。灰色の家、メゾン・グリを見つけたあとに」

土曜の朝。ふたりはイザベル・サン・ピエールをさがすために、ウォッズワース通りの南端《なんたん》にやってきた。行くまえにジャックがインターネットで死亡記事を検索《けんさく》したが、ヒットしなかった。イザベル・サン・ピエールが生きているとはかぎらないが、とりあえず希望はある。ルーシーは、ついつい期待しそうになる自分をいさめていた。それでも、もし本人と会えたら、きっとなにか教えてもらえる——。

「ねえ、ジャック、まずこのブロックのこっち側の家の郵便受けをチェックしようよ」

ありがたいことに、ウォッズワース通りは六ブロックしかない短い通りだった。それでも郵便受けとインターホンの名前をすべて見てまわるのは、時間がかかるだろう。通りに面した家々は、古いレンガ造りのテラスハウスか灰色の石造りの建物で、どの建物も家の前にちょっとした庭がある。ステンドグラスの窓や、凝《こ》った玄関《げんかん》の家が多い。
六、七軒の玄関の階段をのぼり、住人の名前やイニシャルを確認したとき、犬をつれて歩道を散歩していた女性に呼びとめられた。「あなたたち、なんのご用？」不審《ふしん》そうな声だ。
「このあたりに住んでいる人をさがしているんです。あいにく、住所がわからなくて」と、ジャックが答えた。

「イザベル・サン・ピエールという女性を知りませんか?」と、ルーシーがたずねる。

その女性は、かたほうの眉《まゆ》をつりあげた。「その名前なら聞いたことがあるけれど、まだ生きていらっしゃるのかしら。もう何年も姿をお見かけしていないわ」と、通りの反対側のとなりのブロックのほうへ腕《うで》をふる。「じゃあ、まあ、がんばってね」といいつつ、会えないだろうと思っているのが伝わってきた。

「ありがとうございます!」ふたりはそういい、かけだした。

イザベルの家がどれかわからなかったが、一軒だけ目立つ家があったのだ。その家はほかよりも大きく、はるかに豪華《ごうか》だった。

ルーシーはその建物の人目をひく正面を見あげ、正面玄関に刻まれた〈メゾン・グリ〉という言葉を指さした。「どう見てもここよね」

錬鉄製のフェンスにかこまれて、こぢんまりとした前庭が広がっていた。前庭はバラがうめつくし、とげだらけの太い茎《くき》が複雑にからみあい、むせかえるようなバラの香りがただよっている。門はかんぬきがかかっていたが、鍵《かぎ》はかかっていない。ルーシーが門の取っ手を引き、ふたりともレンガの歩道を通って玄関《げんかん》の階段へと向かった。「ねえ、ジャック、なんでこんなに緊張《きんちょう》するのかな？」

「真実をつきとめたいと思ってるからさ。がっかりしたくないし」

正面玄関には、ライオンの頭の形をした真鍮《しんちゅう》製の大きなノッカーがついていた。ジャックが数回ノッカーを鳴らし、しばらく待った。もう一度、ノッカーを鳴らそうとしたそのとき、ノブが動いた。

しゃれたダークスーツに身をつつんだ男性が、ドアをあけた。老齢《ろうれい》で、しわがかなり深い。しわだらけで表情が読みにくいわ、とルーシーは思った。「はい、なんでしょう？」男性の声はかわいていて、静かだった。

「あのう、イザベル・サン・ピエールさんをさがしているんですけれど」と、ルーシーが答えたら、「こちらへ」と、男性は家の中へ入っていった。

ルーシーとジャックは先の展開がまったく読めず、顔を見あわせてから、男性について家の中に入った。

家の中はひっそりとしていて、風通しが悪く、外から見て思った以上に広かった。執事とおぼしき男性は大理石の床《ゆか》をつっきり、縦溝《たてみぞ》彫《ぼ》りの柱にかこまれた入り口から、ある広い部屋へと進んだ。

「お座《すわ》りください」執事の男性はそういうと、かすかにおじぎらしき仕草をし、足をひきずるようにして去っていった。

「なんか、ミニチュアルームの中にいるみたい」と、ルーシーはささやいた。ふたりは、巨大《きょだい》な暖炉《だんろ》のそばの、金色のシルクのソファに座っていた。炉棚《ろだな》の上には青いサテンの夜会服を着た若い女性の全身の肖像画《しょうぞうが》がかかり、高い天井《てんじょう》からはクリスタルのシャンデリアがふたつ下がり、窓という窓をベルベットのカーテンが縁《ふち》どっている。

たがいの息づかいが聞こえるくらい、静かだ。

家のどこかで時計が鳴り、ルーシーはぎょっとして飛びあがった。しばらくして、廊下《ろうか》から足音が聞こえてきた。

ふたたび執事があらわれ、横にひかえるように立ち、ひとりの女性が部屋に入ってきた。執事よりもさらに老齢《ろうれい》のようで、みごとな白髪《しらが》をまとめて高く結いあげている。目は澄《す》んでいて、杖《つえ》をついて歩いているが、背筋をぴんとのばしていた。宝石を散りばめた大きなブローチが、シャンデリアの光をあびて、肩《かた》できらりと光る。

部屋に入ってくる女性を見て、ふたりともごく自然に立ちあがっていた。

さきに女性が口をひらいた。「イザベル・サン・ピエールをおさがしだとか？」かなり張りのある声だ。

「はい。ぼくは、ジャック・タッカー。こっちは――」と、ジャックがいいかけたが、女性にさえぎられた。

「あなたたちのことは、よく知っているわ。いつ来てくれるのかと、待っていたのよ」

13

いまから思えば……

あと四年で百歳《さい》になるというこの老婦人と話を始めて、かなりの時間がたっていた。ルーシーとジャックは、もっぱら受け身だった。答えをつきとめたくてこの老婦人をさがしだしたのに、ふたをあけてみれば、ルーシーとジャックのほうが答えてばかりいる。

ビロードのカバーにくるまれた袖《そで》つきのイスに座《すわ》ったまま、老婦人はふたりにたずねた。「なぜ、ミス・サン・ピエールをおさがしなの？」

この人はイザベル・サン・ピエールさんなの？　ちがうの？　まだ、自己紹介《しょうかい》もしてもらっていない。当然だと決めてかかっていたことは、うたがわないと！　ルーシーは、ミセス・マクビティーの言葉を思いだした。

自分とジャック、どちらから切りだすべきか決めようと、ルーシーはジャックと目で相談した。いつもならジャックを頼《たよ》るところだが、ジャックが口火を切るのは、作り話をしなければならない状況《じょうきょう》にいるときと決まっていた。いまは、真実にたどりつかなければならない。

そこで、ルーシーが覚悟《かくご》を決めて切りだした。「あの……あたしたち、いままで、ソーン・ミニチュアルームについて、かなり時間をさいて調べてきたんです。その中のファイルにイザベル・サン・ピエールという名前があることに、学芸員さんが気づいて……。ソーン夫人の元で働いていた人かもしれないって、学芸員さんから聞いたんです」

「調べるって、どんなたぐいのことを？」老婦人が、イザベル・サン・ピエールの名前を無視してたずねる。

ルーシーは手の内をあまり見せたくなくて、あいまいに答えた。「ミニチュアルームのアイテムの中に、出所を知りたいものがあるので」

「すごく重要なことなんです」と、ジャックもつけくわえる。

「あら、なぜかしら？」という女性の質問には、ジャックが答えた。

「ミニチュアルームの中に、持ち主がいるアイテムを見つけたんです」

「ならば、正当な持ち主に返せばいいだけの話ですわね？」

論理的な結論だ、とルーシーはみとめざるをえなかった。

いきづまりだ。目の前にいる老婦人の身元が明らかになるまでは、ルーシーもジャックも魔《ま》法《ほう》のことは持ちだしたくなかった。もし老婦人がイザベル・サン・ピエール本人だとしたら、なにを知っているのか、さぐりを入れられる。

そこで、ジャックがたずねた。「あのう、あなたはイザベル・サン・ピエールさんなんですか？」

老婦人は大笑いした。いかにも繊細《せんさい》そうな外見にしては、意外な声だ。「まあ、ごめんなさいね、ちゃんと名のらなくて。警戒《けいかい》しすぎたようだわ。ええ、ええ、わたくしがイザベル・サン・ピエールです」

「お会いできてうれしいです、ミス・サン・ピエール」と、ジャック。

「イザベルと呼んでくださいな。かたくるしい日々を送っているように見えるでしょうが、わたくし自身は、ちっともかたくるしくありませんから」第一関門を突破《とっぱ》したいま、イザベルの声にはあたたかみが感じられた。「さあ、わたくしの質問に、きちんと答える気になってくれたかしら」

ルーシーは、最初から話しはじめた。といっても、まったくの最初からではないのだが、具体的な話はせず、クラスメートから先祖《せんぞ》の話を聞いたこと、その先祖の持ち物であるアイテムをミニチュアルームで発見したことを語った。

ルーシーを鋭《するど》く見つめるイザベルは、ほとんどまばたきをしなかった。「でも、そのアイテムはミニチュアなのよね？」ただのミニチュアとは思っていないとわかる声音で、イザベルがたずねた。

「いまは、ちがいます」と、ジャックが率直に答える。

「まあ！」と、イザベルは手をたたいた。「なるほど、そういうことだったのね！」

「じゃあ……あのこと、知っているんですか？」と、ルーシー。

「ええ」イザベルはルーシーからジャックへ、またルーシーへと視線をうつした。「これだけ時がたってから、あのことを知っている人にめぐりあえるなんて、まさに驚《おどろ》きだわ！　おたがい、話すことが山ほどあるわね」イザベルはそういうと、イスのとなりのテーブルに置いてあった小さな銀のベルを鳴らした。

「ソーン夫人と、本当にお知りあいだったんですか？」

「ええ、よく知っていたわ。ナルシッサのほうが、はるかに年上だったけれど。わたくしは十七歳《さい》のときに、ナルシッサの元で働くようになったの。娘《むすめ》になにか建設的なことをさせるべきだと、両親が考えたものでね」

「えっ、学校に行かなくてもよかったんですか？」ジャックは、驚いていた。

「当時のわたくしは、高校の最上級生だったの。一九三〇年代のことでね。わたくしのように裕福な家の娘《むすめ》は、大学に進学しないことがよくあったのよ。かわりに花嫁《はなよめ》学校に行って、音楽のレッスンを受けたり、正式なエチケットを習ったり、運が良ければ外国語を習ったりするの。けれど、わたくしはどれも望まなかった」

「じゃあ、なにを望んだんですか？」これは、ルーシーだ。

「冒険《ぼうけん》よ。日常とはちがうなにかね。目の前に敷《し》かれた予測のつく無難な人生は、望まなかった」

実りある人生を送りたい、というイザベルの望みに共感して、ルーシーはうなずいた。

イザベルがつづけた。「両親は、わたくしを持てあましていたのね。で、ナルシッサから良い影響《えいきょう》を受けられると考えた。その結果、わたくしはナルシッサの工房で、見習いとして働くことになったのよ」

「うわあ、最高の経験ですよね！」ルーシーは、目の前の老婦人の当時の姿を想像してみた。ルーシーより少し年上で、大昔の服装をし、ソーン夫人の職人たちといっしょに工房でならんで働き、職人たちが精巧《せいこう》なミニチュアを作るのをながめて学ぶ、若き日のイザベル――。

部屋の入り口に、執事があらわれた。

「レモネードのおかわりは、いかが？」イザベルは、ルーシーとジャックに飲み物をすすめた。ふたりがうなずくと、執事は無言でその場から立ちさった。「あなたたちが来てくれて、うれしいわ。見てのとおり、この家はいやになるほど静かなのよ」

ここで、ジャックがイザベルにさぐりを入れた。「魔法《まほう》のことは、いつ知ったんですか？」

「一年目は、なにも知らなかったわ。なにせ、職人として勤めたわけではなく、工房のお手伝いとして、掃除《そうじ》をしたり、材料を見つけたり、手が足りないときに手伝ったりしただけなので。その後はナルシッサに頼《たの》まれて調べ物をしたり、ふたりで相談して、時代的に同じデザインのミニチュアの家具を、部屋にあわせて別の部屋へ移したりしたわ。ちょっとした針仕事まで、するようになったのよ。あのころは、ナルシッサの元でおおぜい働いていてね。工房は、大いににぎわっていた……」イザベルは、目をとじた。「あれは鍵《かぎ》だった。本当に美しい鍵だった」

ジャックがポケットに手をのばし、ミラノ公爵《こうしゃく》夫人クリスティナの鍵を取りだす。

目をあけたイザベルは、ジャックの手のひらにのったその鍵を見た。鍵は、水晶のようにきらめいた。

「ああっ！　それよ！」イザベルは鍵を取ろうと手をのばしかけたが、とちゅうでやめた。

「どうぞ、ご遠慮《えんりょ》なく」ジャックが、やさしくうながす。

「けれど……この年齢《ねんれい》で……自信がないわ！」

「ここでは、体はちぢみません。ミニチュアルームから、遠く離れていますから」と、ルーシーが説明する。

「本当に？」イザベルは、目にとまどいをうかべてたずねた。が、まばゆい光を放つ鍵《かぎ》に目をもどしたとたん、とまどいは消え、両手でそっと鍵を取った。その皮膚《ひふ》は、いかにももろそうな白い薄紙《うすがみ》のようだ。おかげで、鍵がますます強大な力を秘めているように見える。「この鍵を手に持ったのは、ナルシッサの工房で、ミニチュアルームが製作されているあいだだったわ。魔法《まほう》なんて、想像もしなかった。わかったのは、自分がとても小さくなったことだけ……」

「いったい、なにがあったんですか？」と、ルーシーは先をうながした。「いつ、魔法のことを知ったんですか？」

「デンマーク生まれの職人のペダーソンさんが、その鍵を作業台に置いていたの。ちょうど昼時で、わたくしは職人さんたちが外出しているあいだに、工房を片づけておくことになっていた。あのとき、工房にいたのは、ひとりをのぞけばわたくしだけ……。なにせ好奇心旺盛《こうきしんおうせい》な娘《むすめ》だったから、ごく自然に鍵を手に取ったのよ」

「で、体がちぢんだ！」ルーシーが、叫《さけ》んだ。

「ええ、そう！　あのときは、どれだけ驚《おどろ》いたことか！　いまでも現実に起きたことかどうか、わからないの。あの鍵はね、ペダーソンさんがデンマークで手に入れたアンティークのドールハウスといっしょに届いたのよ」

「あっ、それ、記録保管所で調べ物をしたときに、資料で読みました」と、ルーシー。

イザベルがつづけた。「ペダーソンさんは、鍵に魔法の力があって、鍵の魔法は女の子だけに効くという話を聞いていたけれど、信じていなかった。わたくしの知るかぎり、一度も信じなかったわね」

「男のおれも、ルーシーと手をつないでいればちぢめることまで、わかったんです」と、ジャックがわりこみ、

「で、どうなったんです？」と、ルーシーがうながした。

「鍵を手ばなしたら、あっという間《ま》にまた元の大きさになった。まるで昨日のことのように、おぼえているわ……」イザベルは、少しのあいだ、口をつぐんだ。

「そのとき、工房には、もうひとりいたんですよね」ルーシーは、工房のようすを思いうかべながらいった。

「ええ、いたわ」

「だれなんですか？」これは、ジャックだ。

「ソーン家に運転手として長年勤めた老齢《ろうれい》の紳士《しんし》よ。その紳士は、ナルシッサの大のお気に入

りでね。わたくしも大好きだった。運転手をやめたあとも、ナルシッサはずっとそばに置いていたの」

「その人、あなたがちぢむのを見て、どうしたんですか？」

「それが妙《みょう》なことに、あのとき、あの方はそれほどショックを受けていなかったような気がするの。驚《おどろ》いてはいたけれど、ショックは受けていなかった。あの方の話だと、魔法《まほう》は存在するものだと教えられて育ったんですって。そして、このことは、わたくしたちだけの秘密にしたわ。ほかにだれか鍵《かぎ》の魔法を発見した人がいるかもしれないって、よく考えたものだけれど」

執事がレモネードとクッキーをトレイにのせてもどったので、イザベルは話を中断し、執事がコーヒーテーブルにトレイごとゆっくりと置くのを待った。

「ありがとう。もう、いいわ」と、イザベルは執事に声をかけて下がらせ、「さあ、どうぞ」と、ジャックとルーシーに向かってトレイのほうへ手をふった。

ジャックがクッキーを一枚手に取って、たずねた。「おれたちがいつ来るか待っていたって、どういうことですか？」

「それは、おいおい説明するわね。うちの両親がナルシッサに対して直感で思ったことは、正しかった。ナルシッサは、わたくしにじつに良い影響《えいきょう》をあたえてくれたの。ナルシッサのミニチュアルーム製作にかける意気ごみに感動して、自分が有能だとナルシッサにみとめてもらいたくなってね。工房に早くから顔を出して、いわれたことはなんでもやった。ミニチュアルームに、すっかり魅《み》せられたのね。ひとつひとつの部屋のすみずみまで、すべて把握《はあく》したわ。

先日、美術館に行って、あのミニチュアルームをたずねたのだけれど、いくつかアイテムが欠けていることに気づいたの。地球儀《ちきゅうぎ》がひとつ消えていたのも、そう。修理に出されているのだとばかり思っていた。そうしたら、新聞で、あなたたちが美術品どろぼうをつかまえたことを知った。消えた地球儀のことも記事で読んだわ。ミネルバ・マクビティーという方のものだと書いてあった。けれど、あのような十八世紀の地球儀は、めったにないものよ。それでね、確信は持てなかったけれど、なんとなく予感がしたの。きっとなにかのきっかけで、あなたたちが、わたくしにたどりつくんじゃないかって。そうなってほしい、とね」

「なぜですか？」というルーシーの質問に、イザベルは深呼吸をして答えた。

「じつはね、告白しなければならないことがあるの……いままで、だれにもいったことがないことなのだけれど」

告白って、なに？　ルーシーは、いぶかりながらジャックを見た。

「若いころのわたくしは、正直なところ、甘《あま》やかされた、こらえ性のない娘《むすめ》だった。わたくしの家には、美しい品々が山ほどあってね。なくなったところで、だれも気にしそうになかった。で、悪いことだとわかってはいたけれど、本物のアンティークを家から持ちだして、魔法《まほう》の鍵《かぎ》を使って小さくしたの。ナルシッサに褒《ほ》めてほしくて、つい……。あの地球儀《ちきゅうぎ》と天球儀をミニチュアルームに置いたのは、わたくしなの」ここで、イザベルはいったん言葉を切った。イザベルの告白は、少しのあいだ、ひと吹《ふ》きの煙《けむり》のように宙をただよった。

「だから新聞記事を読んだとき、魔法の力でちぢんだアイテムがあることを、あたしたちが知っていると思ったんですね」と、ルーシーが話をまとめた。

「ええ、まさにそのとおりよ。ナルシッサは、わたくしの作品を褒めてくれたわ。でもね、やってはいけないことだった。ミニチュアルームで対の地球儀を見るたびに、ずっと罪の意識にさいなまれてきたわ。それが、長年わたくしに科せられた罰《ばつ》だった」

「なぜ、あたしたちに連絡《れんらく》を取らなかったんです？」

「それも考えたけれど、地球儀についてあなたたちが誤解している可能性もあった。あなたたちが鍵について知っているという、たしかな証拠《しょうこ》もなかった……。今日、こうして、あなたたちがここに来てくれるまではね」

「メイフラワー号の模型《もけい》は？　あれも、あなたがちぢめたんですか？」と、ジャック。

「いいえ。それは、わたくしじゃないわ。けれど、工房にはほかにも何人か女性がいた。わたくしと同じように鍵について知っていれば、その中のだれかがちぢめたのかもしれないわね」

「さっき、本物のアンティークを家からいろいろと持ちだしたって、おっしゃっていましたよね。地球儀のほかに、どんな品を？」ルーシーは、気になってたずねた。

「詩集を二冊と、小ぶりの燭台《しょくだい》をひとつ。それだけだったと思うわ。あのころはみんな時間に追われていて、ミニチュアルームをこの上なく完ぺきにしあげようと必死だった。だれひとりとして、ナルシッサをがっかりさせたくなかったのよ」

「本物のアンティークや鍵の魔法のことを、ソーン夫人は知っていたんですか？」と、ルーシー。

「いまから思えば、もしかしたら知っていたのかもしれないわね。断言はできないけれど」

「きっと、知ってたんですよ」と、ジャック。「おれたち、記録保管所で読んだんですよ。ソーン夫人は、〝特殊《とくしゅ》な力〟を持つ品もあるといっていた。部屋を活気づける品もあるとまで、いってたんです！」

ジャックのその言葉を聞いて、ルーシーは重要な質問を投げかけた。「あの、イザベルさん、タイムトラベルはしました？」

イザベルは、がくぜんとした顔した。「ええっ、まさか！　どういうことなの？」

タイムトラベルの冒険《ぼうけん》について順を追って話すうち、ミニチュアルームを出入り口としてタイムトラベルを経験したのは、おそらくナルシッサ・ソーン夫人をのぞくとルーシーとジャックだけという事実が、三人ともわかってきた。

「魔法《まほう》の効力は、体がちぢむことだけだとばかり思っていたわ。ミニチュアルームの外に出たことは、一度もなかった。工房で製作している最中だったし……。あなたたちの話は、わたくしの想像をはるかに超えているわ。でも、おかげで、長年の謎《なぞ》がひとつ解けた。ナルシッサはね、外の景色と、外に出られるドアを、ぜったい作るようにといいはったのよ」

「なるほど！」と、ルーシー。「外に出られるドアがない部屋は、数えるほどしかない！」

イザベルは、かすかに笑みをうかべて深く腰《こし》かけた。「ジャック、あなたのいうとおりね。ナルシッサは、きっと知っていたのよ」レモネードを一口飲んで、つづけた。「あなたたちが今日、ここへやってきた理由を、まだちゃんと聞いていなかったわね。ミニチュアルームの中に、他にもそういう品があるのかしら？」

「ええ、じつは……」ルーシーはななめがけのバッグの中へ手をつっこみ、「じつはもう、ミニチュアルームにはないんです」と、フィービーの秘薬本を取りだし、イザベルに見えるよう、コーヒーテーブルの上に置いた。

最初、イザベルはなんの反応もしめさなかった。そこでルーシーは最初のページをひらき、イザベルに最初の文章を見せた。

「フィービー・モンロー、一八四〇年……。これを、どこで見つけたの？」イザベルの声は、いままでとうってかわって緊張《きんちょう》していた。ルーシーには特定できない感情がこもっている。

「A29の飾《かざ》り戸棚《とだな》の中で、見つけました。A29というのは――」

「サウスカロライナね。南北戦争の前の」イザベルが、ルーシーより先にいった。さっきまでは背筋がぴんとのびていたのに、いまは両肩《かた》に重しをのせられたかのように姿勢がくずれている。「なるほど……やっと、わかったわ」

14

すぎさった時間

イザベルは長いあいだだまりこみ、大きなイスの背にもたれかかった。その体がかすかにふるえだしたことに、ルーシーは気づいた。イザベルは、とつぜん、もろい姿をさらけだした。呼吸が浅く、早くなっている。イスの背が明かりをさえぎり、血の気が失せた顔に濃い影を投げかけていた。

ルーシーは、不安になって声をかけた。「あの、イザベルさん、だいじょうぶですか?」

ジャックが立ちあがる。「執事さんを呼んでくる」

イザベルが片手をあげて止め、ジャックに座《すわ》るように手をふった。「ごめんなさいね。少しだけ、時間をちょうだい」

ルーシーとジャックは、はらはらしながら待った。とんでもない難題を持ちこんでしまったのでないといいけれど、とルーシーは祈《いの》る思いだった。人はショックで死んでしまうこともあ

るというし――。

ようやくイザベルが背筋をのばし、フィービーの秘薬本にふたたび目を向けた。「魔法《まほう》の鍵《かぎ》に初めて触《ふ》れたとき、工房にいた老齢《ろうれい》の紳士《しんし》の名前は、ユージーン……ユージーン・モンローというの」

「モンロー！　フィービーと血のつながりがあるかどうか、ごぞんじですか？」というルーシーの問いに、イザベルは答えた。

「ええ。フィービー・モンローの息子さんよ。ナルシッサの運転手をしていたの」

「マジかよ！」と、ジャック。

「お母さまのフィービーの驚《おどろ》くべき話を聞かせてもらったわ。生まれつき奴隷《どれい》だった、という話をね」

「その孫の、さらに孫の……ずっと下の代の子が、うちのクラスにいるんです。ケンドラ・コナーという女の子で、フィービーのことや、ギャングに横取りされた家業について、クラスで発表したんです」と、ルーシーが説明をくわえた。

「あなたたち、ほかにも……なにか、見つけたかしら？」

「いいえ。ほかにもって、どういうことですか？」

「そうね、もう少し説明しないと、わからないわよね」イザベルは両手をそろえて、話しはじめた。「ユージーン・モンローは、ナルシッサのもとで長年働いた。わたくしが生まれるはるか前から働いていたの。ユージーンには、ユージニアという娘《むすめ》がいた。このユージニアこそ、フィービーの秘薬の処方にもとづいて事業を立ちあげた本人よ。ユージニアは、秘薬の処方をすべて書きとめていた」

「えっ、書きとめたのは、ユージニアなんですか？」ルーシーの声は、信じられないという思いがにじみでていた。

「ええ、そう。一九三〇年代後半、わたくしが工房で働きはじめたちょうどそのころ、悪質なギャングたちがユージニアの事業を不当に安く買いたたいて、のっとろうともくろんだ。その連中はユージニアに拒否されると、秘薬の処方を盗《ぬす》んで、薬を違法にコピーし、最初に開発したのは自分たちのほうでユージニアが盗んだのだと主張して、その薬を売ったの。ユージニアの会社の従業員《じゅうぎょういん》が、悪い連中に、前々からこっそり処方を売っていたのよ。その従業員がだれかは、結局わからなかったけれど」

「ほかにもなにか見つけなかったかって、さっきおれたちにきいたのは、なぜなんです？」ジャックが、口をはさむ。

「ふたつの書類があったのよ。遺言状《ゆいごんじょう》と手紙が。サウスカロライナの部屋で見なかったかしら？」

「いえ」と、ジャック。「それが、なぜそんなに重要なんですか？」

「ギャングたちは、ユージニアを法廷《ほうてい》に引きずりだした。そのふたつは、ユージニアが何年も前に秘薬の処方を家族に遺《のこ》していたこと、および処方を開発したのが祖母のフィービーであることを証明する書類となるはずだった……。あなたたちが見つけてくれていれば、本当によかったのに」

「でも、そもそもなぜ、その書類がミニチュアルームに？」またしても、ジャックがたずねた。

「ユージーンに頼《たの》まれたのよ。魔法《まほう》の鍵《かぎ》を使ってふたつの書類をちぢめ、裁判が始まるまで一時的にかくしてほしい、ギャングたちが書類をねらっているからと。だから、わたくしは書類を飾《かざ》り戸棚《とだな》の中にかくしたの。ここなら、きっとだれにも見つからないと思って……」イザベルは、必死に冷静さをたもとうとしていた。「ところが、ナルシッサはミニチュアルームを巡《じゅん》業《ぎょう》ツアーに出そうと計画していた。しかもそのとき、魔法の鍵がなくなった。わたくしもユージーンも、血眼《ちまなこ》になってさがしまわったわ。魔法の鍵がなければ、裁判のために書類を元のサイズにもどせなくなる。結局、ユージニアは裁判に負けて、代々受けつがれてきた秘薬を作れなくなってしまった」

ジャックに足を軽く蹴《け》られ、ルーシーは同じことを考えているのを知った。ちぢんだアイテムを持ちだして、ミニチュアルームから離れれば良かったのに――。

イザベルが目をそらした。いまは眉《まゆ》をひそめている。しばらくして、ようやく先をつづけた。

「たしか……書類はふたつとも、一冊の本にはさんだわ。書名はおぼえていないけれど、サウスカロライナの部屋に置かれるはずの本だった」

ここで、ルーシーがたずねた。「でも、この秘薬本だけで、じゅうぶん証拠《しょうこ》になるんじゃないですか？」

「秘薬本なんて、知らなかったわ。それどころか、見るのは今日が初めてよ」

ルーシーは、がくぜんとした。「知らなかったって……。この本、あなたがちぢめたんじゃないんですか？」

イザベルが首をふる。

ルーシーもジャックも、信じられないという顔をしていた。またしても、疑問がひとつ、ふえてしまった！

イザベルの話には、つづきがあった。「あなたたちのクラスメートのご家族にその本をさし公正証書だったのよ。遺言状《ゆいごんじょう》があれば、秘薬の処方の所有権はフィービーの子孫にあることが、文句《もんく》なしに証明される。遺言状こそが決め手だったのよ。公正証書だったから」

「公正証書って……どういうことですか？」と、ルーシー。

「法律的に有効な証人が署名して日付を書きいれた書類、という意味よ」と、イザベルは説明し、秘薬本をなでた。「お願い、あなたたちの知っていることをすべて話して」

ルーシーは、ななめがけのバッグからビーズとラインストーンのハンドバッグを取りだした。と同時に、イザベルが身をのりだした。その顔に、あっ、という表情が広がっていく。「そのバッグは、ユージーンのお母さまのものよ。ユージーンがナルシッサに貸したの。サウスカロライナの部屋のラグに、同じ花模様《もよう》を刺繍《ししゅう》したいからと！　わたくしが刺繍したわ」

「じゃあ、ハンドバッグをちぢめたのも？」と、ルーシーはたずねた。

「いいえ。それは、わたくしじゃないわ」

「同じ模様なのは、あたしたちも気づいてました。そのあと、記録保管所のサウスカロライナの部屋の書類で、あなたの名前を見つけたんです。それと、バッグの裏地《うらじ》にあるものがかくされていたのも、見つけたんですよ」と、ルーシーはジャックに向かってうなずいた。

ジャックがポケットから奴隷《どれい》用のタグを取りだし、イザベルにわたす。ルーシーは、タグが日曜日よりもなりをひそめているように感じた。それでもタグはシャンデリアの光線をとらえて反射し、ふしぎな光を発していた。

「なにかしらね、これは」イザベルは、すりきれた四角い金属片のタグを手のひらにのせて、ながめている。

ルーシーは、その金属片が奴隷用のタグで、サウスカロライナ州チャールストンの奴隷は、所有者以外に貸しだされるとき、そのタグを首にかけなければならないことを説明した。さらにラインストーンのハンドバッグにかくされていたタグを見つけたときのことや、それがフィービーのものだと知ったことも説明した。そして最後に、そのバッグは一九四〇年、若き日のミセス・マクビティーがお姉さんとともにミニチュアルームに入りこんだとき、そのお姉さんが持ちだした可能性がもっとも高いことをつげた。

「その方は、魔法《まほう》を使って入りこんだということ？　魔法の鍵《かぎ》を持っていたのかしら？」

「はい。ミセス・マクビティーとお姉さんは、ミニチュアルームがボストンで展示されたときに、鍵を見つけたんです」

「なぜ、そんなことが！　わたくしたちも鍵を見つけられたら、どれだけよかったか！」

ここで、ジャックがわりこんだ。「でもですね、イザベルさん、ミニサイズになったアイテムは、ミニチュアルームからじゅうぶん離れれば、元のサイズにもどるんですよ。なぜ、ミニサイズのまま、持ちださなかったんです？」

イザベルがジャックを見つめる。長く感じられた数秒間のあと、イザベルが口をひらいた。「つまり、鍵がなくても、地球儀《ちきゅうぎ》や秘薬本のような品を元の大きさにもどせた……ということ？」

この事実にイザベルがどれだけ心を傷つけられるかわかっていたので、ルーシーはひとこと、「はい」とだけ答えた。

「ぜんぜん、知らなかった……」イザベルは、少しのあいだ、手で顔をおおった。「鍵がなくても元の大きさにもどせないものかと、戸棚《とだな》から取りだしはしたわ。けれどあのミニチュアルームからは、一度も遠くへ離れなかった……。結局、ミニチュアの本の中に、はさんでおくことにしたのよ。それが一番安全だろうと思って。そうしたら、ミニチュアルームそのものが巡業《じゅんぎょう》ツアーに出てしまって……。最悪の悲劇だった。新聞のおぞましい見出しを、いまもおぼえているわ。そのせいで、ユージーンの心が折れてしまったこともね。ユージーンは責任を感じていた。けれど、手の打ちようがなかった。あのかわいそうな一家が、どれほどの恥辱《ちじょく》を受けたことか！　ユージニアの事業を横取りしたギャングのボスたちに、だれもがおびえ、おじけづいていたわ。ユージーンは、裁判の最中に亡くなったの。娘《むすめ》を助けたい一心で、証拠《しょうこ》をすべてかくしてくれとわたくしに頼《たの》んだのに……」

「そのあと、どうなったんです？」と、ジャックがたずねた。

「とくに、なにも」と、イザベルは窓の外へと目をやった。「ナルシッサはミニチュアルームを完成させて、数年間、全米各地をまわった。そのあとシカゴにもどったかどうかも、知らなかったわ。わたくしは長年ヨーロッパで暮らし、悲劇のことは忘《わす》れようとしてきた。事実、忘れかけていたのよ。そうしたら、あなたたちがやってきた」と、ため息をつく。「まるで、時間がすべて巻きもどされたみたいだわ。ミニチュアルームは、時間の手品師ね」

「ええ、本当に」ルーシーはイザベルの顔をよぎった表情を見て、なんの表情か読みとろうとした。「あの……だいじょうぶですか？」

「頭が、はちきれてしまいそうよ」と、イザベルは秘薬本をゆっくりとルーシーにもどした。「なぜこれがミニチュアルームにたどりついたのか、わたくしの話では参考にならなくて、ごめんなさいね」

「いえ、助かりました。おれたち、前よりだいぶ知識がつきましたから」と、ジャック。

ルーシーは、なにもいわなかった。それでも、フィービーの秘薬本がサウスカロライナの部屋に存在するようになった理由は、だんだん見えてきていた。

「ねえ、あなたたち、その本をどうするつもりなの？」というイザベルの問いに、ルーシーが答えた。

「ケンドラの一家に返します。でも、まずは返す口実を考えないと。ソーン・ミニチュアルームで見つけたなんて、いえないですよね」

ルーシーとジャックがイザベル宅を出たのは、夕方だった。帰りのバスの中で、ルーシーは頭の中をできるかぎり整理してまとめ、思いついた考えを言葉にしようとジャックに声をかけた。

「ねえ、ジャック、あたしたちがタイムトラベルするまで、秘薬本はなかったんじゃないかな。秘薬本が存在するようになったのは、あたしたちがフィービーにエンピツと紙をわたし、フィービーが字の練習をしたあとのこと。その前のフィービーは、処方を口頭で伝えていたじゃない？」

「うん、おれも同じことを考えてた。きっと秘薬本は、おれたちがフィービーに会った直後に、飾《かざ》り戸棚《とだな》の中にあらわれたんだ。だから、裁判の最中は証拠として使えなかったんだな。なんか、マジでスゲー！」

さらに不可解なのは、イザベルがかくしたというふたつの品——フィービーの秘薬はユージーンの子孫が相続すべきものだと確実に証明する、遺言状《ゆいごんじょう》と手紙の存在だった。

ルーシーの頭の中では、ある疑問がこだまのように鳴りひびいていた。

遺言状と手紙は、いまどこに？

15

鳥肌

「着いたぞ」美術館前のバス停留所で、ジャックがルーシーをひじで軽くつついた。ルーシーは、美術館に着いたことにも気づかなかった。

ふたりとも、美術館の正面階段を一段飛ばしで、かけあがった。

「鎖《くさり》編《あ》みの輪で向こうにわたったら、先にケープコッドの部屋に行こうぜ。真っ先に立ちよって当然だよな。今日は時間がたっぷりあるから、両方まわれるし」

「オッケー」

階段をおり、角を曲がって11番ギャラリーに入ったところで、ジャックが足を止めてうなずき、ひとこといった。「あたたかい」

「銀貨が？　それとも、タグ？」

「おもに銀貨だな」

ジャックはあたりを見まわして、だれも見ていないことをたしかめつつ、片方のポケットからタグを、もう片方のポケットから銀貨を取りだした。どちらも、安定した強い光を放っている。壁《かべ》のくぼみへと向かい、ミニチュアルームの裏《うら》に入れるドアの横に立った。ジャックが魔法《まほう》の鍵《かぎ》をルーシーにわたそうとしたそのとき、一名の警備員が通りかかった。

ふたりともなんでもない顔をして、やむなくドアから離れ、E８〈十八世紀後半のイギリスの寝室《しんしつ》〉の前で足を止めた。この部屋には、ドアがひとつもない。今日はどうしてもやらなければならないことがあるが、もしそうでなければ、中を見てまわり、ドアがない理由をつきとめようとしただろう。

けれどいまは、ケンドラのために――フィービーのためにも――行方不明の書類をさがしたいという気持ちのほうが、E８への好奇心《こうきしん》よりも強かった。

ジャックが、片手をポケットにつっこんだ。「なあ、いま思いついたんだけど、おれの銀貨でミニサイズになれるかどうか、まだたしかめてなかったよな」

「その必要がなかったんだもん。いま、やってみる？」

「うん、やろう！　知っておいて、損《そん》はない」

タイミングをはかって、ジャックがルーシーの手をつかみ、おたがいの手のひらのあいだに銀貨をはさんだ。

ルーシーは、銀貨が熱いとはっきりわかるほど温度が上がるのを感じた。けれど銀貨の魔法は、鍵の魔法とは少しちがっていた。そよ風に髪《かみ》の毛をゆらされるのではなく、湿り気をおびた空気に全身をつつまれる。ちがう点は、それだけではなかった。体がちぢんでいく最中に、はっきり潮風《しおかぜ》とわかるにおいがしたのだ。が、ふたりとも約十三センチまでちぢまった瞬間《しゅんかん》、そのにおいは消えた。

つないでいた手を放し、いそいでドアの下をくぐり、ミニチュアルームの裏の廊下《ろうか》へと無事に入りこんだ。

「ワオ！　おれの銀貨も、同じ魔力を持っていたなんて！　ルーシー、気分はどうだ？」

「うん、だいじょうぶ。いつもとは感じがちがったけれど、スムーズにいったね。とちゅう、潮風のにおいがしたような気が……。いまは、しないけど。ジャックも感じた？」

「いや、おれは。それにしても、スゲー！」ジャックはタッカー家に代々つたわる品の新たな特徴を発見し、興奮《こうふん》していた。

「ほんとにね。先祖《せんぞ》伝来の品なのに、いままでだれも知らなかったなんて！」

「よし、鎖編《くさりあ》みの輪をセットして、この魔法の源をつきとめに行こうぜ！」ジャックは、やる気まんまんだ。

元のサイズにもどるため、ルーシーは銀貨を手ばなした。銀貨は、ミニサイズのジャックの目の前でぐんぐん大きくなった。ジャックはその場に立ちつくし、ディナー用の大皿サイズになった銀貨の表面や、表面に刻まれた、自分の指の長さくらいある日付の数字をながめた。

ルーシーがまたしても鎖編《くさりあ》みの輪を通風孔《こう》に投げいれ、前回と同じ手順でジャックがエアダクトからアメリカコーナーへと鎖編みの輪を垂《た》らし、ふたりでアメリカコーナーへとおりていった。

ミニチュアルームの裏《うら》側の下枠《したわく》に近づいたとき、ルーシーは銀貨を持っていたジャックにたずねた。「どう？　どんな感じ？」

「熱くなってきた！　どんどん、どんどん！」

鎖編みの輪は、Ａ12〈ケープコッドの居間〉とＡ13〈ニューイングランドの寝室《しんしつ》〉――またしても、天蓋《てんがい》つきのベッドがある部屋だ――のあいだを通っていた。

先にジャックが下枠にのり、Ａ12〈ケープコッドの居間〉へと向かった。ルーシーも、すぐあとにつづいた。

「うわっ、マジで熱い！」と、ジャックが銀貨を取りだした。銀貨は四方八方に光を放ちながら、点滅していた。

「熱のほかに、なにか感じる？」

「うーん、どうかなあ。なにかに引っぱられているような気はする……あそこから、引っぱられているような」と、ジャックが枠に入った部屋の裏側を指さす。

「じゃあ、行ってみようよ」ルーシーはジャックのようすをつぶさに観察していられるよう、ジャックを先に行かせた。

入り口を見つけて入ったら、部屋におりていく階段の上に出た。

「な、なんだ、これ！」と、ジャックがルーシーに腕《うで》を見せた。鳥肌《とりはだ》がたち、腕の毛が逆《さか》だっている。皮膚《ひふ》にゴム風船をこすりつけ、静電気を発生させたみたいだ。

階段から、下の部屋をのぞきこんだ。つつましやかな部屋だ。天井《てんじょう》は低く、壁《かべ》紙は黄色。木製の家具が数点と、組みひもで編んだラグが一枚。窓のそばのテーブルには、大人用のお茶のセットが一式。一脚《きゃく》の子ども用のイスの上に小さな陶器《とうき》の人形がひとつ。そのとなりの三脚イスの上には、人形よりもさらに小さいお茶のセットが置いてある。

ルーシーは小さいお茶のセットを指さして、ジャックにつげた。「カタログによるとね、あのセットの下のトレイは、一セント銅貨《どうか》でできてるんだって！」

ふたりとも階段をおりて部屋に入り、トレイを近くでながめた。

「リンカーンらしきものが見えるよな……ぺったんこに、つぶれてるけど」と、ジャックがかがみこみ、しげしげと観察した。ペニー銅貨《どうか》のトレイは、ミニサイズのジャックの頭ぐらいの大きさがある。ジャックの銀貨は、いまなお手の中で光っていた。「見ろよ、あれ」ジャックの視線は、暖炉《だんろ》の棚《たな》に置かれた小さなボトルシップにすいよせられていた。その上には、海にうかぶヨットの絵がある。「これが、記録保管所で読んだヤツだな。A1の部屋のメイフラワー号より、ずっと小さいぞ」

ルーシーも目をこらした。「あれを普通の大きさの手で作るなんて、ぜったいむりよ。ねえ、ジャック、ソーン夫人はあのボトルシップを〝部屋を活気づける〟と書いてた？」

「うん。めずらしい品らしいぜ。あの書き物づくえとセットなんだ」

ジャックは外の世界に出られるドアのそばの書き物づくえに向かってあごをしゃくると、もっとよく見ようとボトルシップのほうへ手をのばした。が、ギャラリーから近づいてくる複数の声に気づき、手を止めた。

外に出られるドアがあいていたので、ふたりとも外へ飛びだした。

そこは、せまい玄関《げんかん》ポーチだった。ポーチの向こうは現実の世界だ。真夏の太陽がさんさんと照りかがやき、部屋の外のこぢんまりとした庭をかこむ白いフェンスにそって、みずみずしいアジサイと、すっくとのびた多彩《たさい》なタチアオイが咲きほこっている。通りを右に行った先では、低い石壁《かべ》にかこまれた牧草地でヒツジの大群が草を食《は》んでいた。左に行った先には灰色に日焼けした縁《ふち》の白い屋根の家々や店がならび、海の濃い青と空の淡《あわ》い青が水平線をはさんでならんでいる。

外には、人があふれていた。女性の服装は、E6〈一七〇〇年代初めのイギリスの書斎《しょさい》〉の外で出会ったレディー・ルーシーの服とよく似ていた。襟《えり》ぐりが深くあいた、裾《すそ》の長いドレス。ウエストはきつくしぼられ、袖《そで》は肘《ひじ》までで、レースで縁どりされている。たいていの女性は、小さな四角いレースの布で頭のてっぺんをおおうか、あるいはボンネットをふわっとかぶっている。男性は、長いジャケット姿だ。色は、おもに青か灰色。膝丈《ひざたけ》のぴっちりとしたズボンをはき、膝から下は白い長靴下《ながくつした》だ。三角ぼうしをかぶっている者が多く、長いカールのついた白いカツラをかぶっている者もいる。子どもは大人のミニチュア版で、少年たちは地毛をポニーテールにしばっている。

風にのって、近くの海の湿った潮《しお》の香りがただよってくる。ルーシーは深呼吸した。「あっ、これよ、これ！　ちぢんでいるときにかいだにおいよ！」

ジャックは、あたりにざっと目を走らせた。ポーチの外に数歩出るが、庭をかこんでいる杭《くい》垣《がき》の外には出ない。「なぜおれがこの部屋に引きよせられたのか、わかればいいのにな」

「ねえ、もう一度、銀貨を見せてくれない？」とルーシーに頼《たの》まれ、ジャックは銀貨をルーシーの手のひらに落とした。ふたりの目の前で、銀貨の光がかすんでいく。「ふしぎね。まだ、あたたかいわ。でも、あたしは鳥肌《とりはだ》が立たない。ジャックは、どう？」

ジャックが片腕《うで》をあげて、ルーシーに見せた。あいかわらず鳥肌で、毛が逆《さか》だっている。

ルーシーは手の中で銀貨をひっくりかえし、観察した。「一七四三年と刻印してある。カタログにはおよそ一七五〇年以降の部屋と、あいまいな時期しか書いてないんだけど」いったん口をつぐみ、ジャックに話が通じているかどうか、ようすを見た。

「ジャック・ノーフリートの船がしずんだのも、だいたいそのころなんだ。正確な日付は、わかっていない」ジャックはそういうと、海を見て、また銀貨へと視線をもどした。

家の前の道は、港町につながっている。ジャックの視線は、数隻《せき》の帆船《はんせん》と、上下にゆれる帆《ほ》柱《ばしら》と、はるか遠くの海をすべるように走る船をとらえていた。「港町に行ってみようぜ」

「待ってよ。服はどうするの？　外は、たぶん十八世紀よ」

「あっ、そうだった」

ジャックは、立ったまま海をながめていた。いつものジャックとは、雰囲気《ふんいき》がちがう。いまのジャックからは悲しみのようなものが立ちのぼっているように、ルーシーは感じた。

「おれ、ケープコッドには、一度も行ったことがないんだ」

「あたしも」ルーシーはそういいつつ、ジャックの〝行ったことがない〟は、意味がちがうような気がしていた。「ジャック、だいじょうぶ？」

「うん。ただ、その……父さんが、ケープコッドの出身なんだ」

ルーシーは、驚《おどろ》きをかくせなかった。「ええっ、知らなかった。そんな話、初めて聞いた」

「まあな。父さんは海のそばで育ったから、海洋生物学者になったんだ。ここで働いていたんだな。父さんが死んだあと海を見られなくなったって、母さんはいってた。だから、シカゴに引っ越したんだ。実家が近いし、海を見るたびにつらい思いをしなくてもすむし」

ジャックは、父親のことをめったに話さない。ジャックが生まれる前に自動車事故で亡くなった、という話は聞いていたが、踏《ふ》みこんだ話を聞くのは初めてだ。ルーシーは息苦しくなり、つばを飲みこもうとした。

「ジャックのお母さんがシカゴに引っ越してくれて、良かった。じゃないとジャックに会えなかったし、こんな冒険《ぼうけん》もできなかったもん！」

ジャックの顔は曇《くも》るのも早かったが、晴れるのも早く、笑みがうかんだ。「年代物の服を見つけて、探検に出かけてみるか！」

ふたりはポーチへ、部屋のすぐそばへともどり、ギャラリーからのぞきこむ二十一世紀の観客のとぎれることのない流れに耳をそばだて、最後のひとりがいなくなるとすぐに部屋に入った。

「きっとここがクロゼットよね」と、ルーシーは階段の向かって右側にあるドアの掛《か》け金に手をかけた。

「ルーシー、急げ！　声がするぞ！」

「早く！　入って！」

ふたりとも暗くてせまい空間に飛びこみ、ぎりぎりのタイミングでドアをしめた。またしてもジャックが、携帯《けいたい》電話のライトを使って中を照らす。

そこは、やはりクロゼットだった。ミニチュアルームで衣類を見つけたのは今日が初めてというわけではないが、ルーシーはふしぎだった。なぜソーン夫人は、ギャラリーの観客にはぜったい見えない品々まで、わざわざ部屋に置いたのだろう？　そういった品々がいずれ役に立つ日がくると、わかっていたのか？

ジャックが、満足そうな声でいった。「大当たり、クロゼットだ！　着られる服があるかな？」

ルーシーは、壁《かべ》のフックに吊《つ》りさげられた数点の服をしげしげとながめた。「うん、たぶん、だいじょうぶ」

足がかくれる長さの淡《あわ》い黄色のドレスを、フックからはずした。深い衿《えり》ぐりに巻く、幅広《はばひろ》の花柄《はながら》のショールもついている。前をひもでしばるタイプのドレスだ。足元を見おろしていった。

「ちょっと長いわね。でも、ま、いいか。スニーカーがかくれるし」

「ソフィーに会ったときに着ていたフランスの服ほど、かっこよくないな」

ジャックは、帆布《はんぷ》色のズボンと、青と白の細かい格子縞《こうしじま》の長袖《ながそで》シャツと、ごわつくリネンの茶色いベストをながめている。

せまい空間で押《お》しあいへしあいしつつ、いま着ている服の上から時代物の服を重ねて着た。別のフックに、ショールと同じ柄の女性用のぼうし――レースでできたシャワーキャップみたい、とルーシーは思った――と、男性用の三角ぼうしが、それぞれかかっていた。

ベストの前ポケットに銀貨をしまいながら、ジャックがいった。「うん、まあまあだな……靴《くつ》以外は」スニーカーが丸見えなのだが、男物の靴は見あたらない。

「あたしたち、なんか、年上に見えるね。じゃあ、オッケー？」

「よーし、オッケーだ！」

ルーシーは、ドアをわずかにあけた。

そのとき、ギャラリーから女の子の声がした。「あっ、見た？　たったいま、あのドアがあいたよ！」

ルーシーはドアを少しあけたまま、ぴたっと動きを止めた。

べつの女の子の声がする。「なにも見えなかったけど。気のせいでしょ！」

「本当だってば！」

「はいはい」応じる声が遠ざかっていく。「見て！　天蓋《てんがい》つきのベッド……」

ふたりの少女がとなりの部屋へと移動するのを待って、ルーシーはドアをあけ、外の世界へ向かおうとした。

そのとき、「待ってくれ」と、ジャックが暖炉《だんろ》の棚《たな》に置かれたボトルシップに手をのばした。好奇心《こうきしん》をおさえきれなかったのだ。すばらしく精巧《せいこう》な模型《もけい》をしげしげとながめている。約十三センチのミニサイズの体で見ても、そのボトルシップは信じられないほど小さい。

とつぜん、ジャックが叫《さけ》んだ。「うわっ、ルーシー！　ウソだろ！」

ルーシーは、ジャックのそばへ駆《か》けよった。「どうしたの？」

ジャックが、模型船の底を指さす。

その真鍮《しんちゅう》製の飾《かざ》り板には、〈アベンジャー号〉という船の名前だけでなく、模型船を作った人物の名前も刻まれていた。

ジャック・ノーフリートだ！

16

クレメンタイン号

「ジャック・ノーフリートが、ここにいるのかな?」と、ジャックがポーチから外を見わたした。

「うん……いるかもね。ここがいつなのかにも、よるけど」ルーシーは、ジャックにあまり期待させたくなかった。

ジャックが、考えこむようにしていった。「もし独立戦争の前だとしたら、マサチューセッツはまだ州ではなく、植民地のままだ。ここから先が独立戦争の戦場かどうか、知っておいても損《そん》はないいな」

悪い考えではないと、本気で思っているようだ。

庭の門をあけ、外に出た。近くの家の正面にかかげられた標識には、〈メイン通り〉と書いてある。さまざまな生活用品をつめこんだカゴを持った女性たち。薪《まき》や干《ほ》し草などがつまった厚地の大きい布袋をのせ、手車を押《お》している男性たち。ルーシーとジャックはこの時代の服装

をしているので、とくには目立たない。

ある建物のそばを通りすぎたとき、金属がぶつかりあう音が聞こえた。広い入り口からのぞきこんだら、鍛冶屋《かじや》が馬の蹄鉄《ていてつ》を作っているところだった。壺《つぼ》や平鍋《ひらなべ》といった錬鉄製の品々が、天井《てんじょう》から吊《つ》るしてある。

「すごい！」ルーシーはそういいつつ、となりの建物に目を止めていた。波形ガラスの窓ごしに、床《ゆか》から天井まで棚《たな》でうめつくされているのが見える。雑貨店だ。

ルーシーは店内に積まれた新聞をひそかにのぞき、もっとよく見ようと中に入った。「ボストン・ガゼット紙よ。一七五三年六月十七日だって！　答えがわかったね！」

「なんの答えだ？」カウンターの奥から男の声がし、ふたりともぎょっとした。ルーシーは、いままでその男に気づかなかった。もっと小さな声でしゃべればよかった――。

けれど、ジャックはすらすらと答えた。「ここで新聞を売っているのかな、と思ってたんです」

「なるほどな。旅してきたのか？」

「あっ、はい」と、ルーシー。

「どこから来た？」男は、肖像画《しょうぞうが》のベンジャミン・フランクリンそっくりのかっこうをしていた。銀縁《ぎんぶち》のメガネ越しに、ルーシーとジャックをにらみつけている。

「ボストンです」ジャックが、そくざに答えた。

「新聞を買うのか？」

「あっ、いえ。一面をのぞいただけです」これもルーシーだ。

「うちは、冷やかしの客はいらん！　さっさと出ていけ！」

店の外に出てすぐに、ルーシーはいった。「とりあえず、いつなのかはわかったね。ジャックの銀貨の日付の十年後よ！」

ジャックは、ベストの前ポケットから銀貨を取りだした。銀貨が、ジャックに向かってきらりと光る。「よし、いまの人にきいてみて……」ジャックは最後までいわずに、雑貨店へと引きかえした。

なにを質問するにせよ、質問すること自体がまずいのではないか、とルーシーは思っていた。けれど、ジャックを説得してやめさせるのは、まずむりだ。しかたなく、ルーシーも店内へとついていった。

「あの、すみません」ジャックが、男に声をかけた。

男は、棚《たな》に壷《つぼ》をならべている最中だった。「なんだ？」

「ジャック・ノーフリートさんがどこにいるか、教えてもらえませんか？」

男は、ジャックとルーシーのほうをさっとふりかえった。「なぜ、そんなことを？」

「個人的なことで」大胆《だいたん》な答えだ。

「海賊《かいぞく》なんぞと取引するつもりなら、せいぜい神に祈《いの》るんだな！」と、男は仕事にもどった。「この先の港にいる」

ジャックには、この答えこそが重要だった。ふたりは店を飛びだし、砂っぽい土を蹴《け》散らしながら通りを走り、交差点にさしかかった。ジャックが、波止場のほうを見る。「あっちに行こう」といったとたん、銀貨が輝《かがや》きをまして点滅した。「よし、ぜったいあっちだ！」

ルーシーはジャックにおくれまいと、必死に走った。ジャックは、さっきいっていたとおり、どんどん〝引っぱられて〟いるみたいだ。

波止場までは、わずか数百メートル。近づけば近づくほど、活気のある港のようすがはっきりと見えてきた。形も大きさもさまざまな船の上で、人夫たちが働いていた。馬が荷車をひいて、波止場を行き来している。

波止場のすぐ手前で、ジャックがとつぜん足を止めた。「あった！　アベンジャー号だ！」なにかにとりつかれたかのように、ぐんぐんと近づいていく。

アベンジャー号は港の中心ではなく、左端《はし》に停泊《ていはく》していた。二本の高い帆柱《ほばしら》のある大型船で、帆柱《ほばしら》には長方形の帆が三枚ずつ、かかげてある。ふたりの背後には、帆が一枚きりの短めの帆柱が一本。船首には三角形の小ぶりな帆が三枚ななめに、船尾には変わった形の帆が一枚、それぞれ張ってあった。船首からは、メカジキの上あごのように、とがった長い棒《ぼう》が飛びだしている。

船に近づいたルーシーは、まっさきに船の名前を見た。船首の板には、〈アベンジャー〉ではなく〈クレメンタイン〉と書いてある。

ジャックも、それに気づいた。「えっ、でも……炉棚《ろだな》にあったボトルシップの船と、そっくりなのに」

「そばに行ってみようよ」ルーシーは、はげますようにいった。

ルーシーは、ミシガン湖で見たモーターボートや小型ヨットや帆船《はんせん》のような娯楽《ごらく》用の船しか知らなかった。こんなに立派な船は見たことがない。目の前の船は波にゆられて小刻みに上下し、そよ風で帆がふくらんでいる。

ふたりが立っている場所の近く、海へとつきだしている桟橋《さんばし》のそばに、板ぶきの小さな建物があった。看板が一枚、ドアの上にかかげてある。ジャックが堂々たる船に気を取られているあいだに、ルーシーはその看板の文字を読んだ。

看板には、黒い文字ではっきりと、ある文字が書かれていた――〈船大工、ジャック・ノーフリート〉

「ジャック！　見て！　ほら、あそこ！」

ルーシーは、ジャックがA12〈ケープコッドの居間〉に初めて近づいたときに感じたという、あの電気ショックのようなものを感じていた。

ジャックの手の中で、銀貨が小さな炎のように、ぽっと光る。ジャックはそれをポケットにしまうと、ためらうことなくドアをノックした。

「ちょ、ちょっと、ジャック！　さっきの店の人は、たずねていくのはやめたほうがいいって思っていたみたい。もしジャック・ノーフリートが、そのう……感じのいい人じゃなかったら、どうするの？」

「たしかめる方法は、ひとつきりだ」と、ジャックがまたドアをノックする。

じっと待ったが、反応はなかった。ほったて小屋とたいして変わらない、ごく小さい建物だ。もし中にだれかいるのなら、ノックの音が聞こえたにちがいない。

「留守か」ジャックが、あきらかにがっかりした声でいった。

「ねえ、桟橋《さんばし》を歩いてみない？　もしかしたら、そこで会えるかも」

「うん、そのほうがよさそうだな」ジャックは、暗い声で応じた。

〈クレメンタイン号〉は、水中からのびている何本もの太い支柱に、太いロープでつなぎとめられていた。ルーシーとジャックは船にそって歩き、船体を近くからつぶさにながめ、波で上下にゆれる船の柱が規則的にきしむ音を聞いた。ながめのよいここからだと、青い空と対照的に白い帆《ほ》がいっそう高く見える。

「うわあ、きれい！」と、ルーシーがいったそのとき、背後で声がした。

「そうよ！　そのとおり！　この港で最高の船よ！」

ルーシーとジャックがふりかえったら、ひとりの女性が近づいてくるところだった。若い女性だ。大学生くらいの年齢《ねんれい》かな、とルーシーは思った。ぱりっとした白いレースで縁《ふち》どりされた深緑のドレスを着ている。

その女性は、〈クレメンタイン号〉を見つめていた。

「こんにちは」と、ルーシーは声をかけた。「ジャック・ノーフリートさんとどこで会えるか、ごぞんじですか？」

「おそらく、船の上ね。あまり姿を見せないけれど」

「お知りあいなんですか？」

「うわさでだけね。おかげで、会いたいという意欲をそがれてしまって」

「えっ、どういう意味ですか？」これは、ジャックだ。

「うわさによると、かっとしやすい気質の方らしいの。だから、知りあいになりたいという願望は強くても、二の足を踏《ふ》んでしまうのよ。ノーフリートさんが作った船に対する敬意や、この船のそばをとおりすぎるたびに感じる多大なる喜びを、ぜひともお伝えしたいのだけれど」

そよ風が吹《ふ》き、三人のはるか頭上で帆がいっせいに風をはらみ、帆柱から外へと弧《こ》を描く。

女性はさらにいった。「ノーフリートさんを避《さ》ける人もいるけれど、このような船を作れるんですもの。善良《ぜんりょう》な方にちがいないと、わたしは思うの。世間一般の意見が、ご本人の全体像と一致《いっち》するはずがないわ」

「ええっと、じゃあ、会ったことは一度もないんですね？」

この時代特有の持ってまわった表現を、きちんと理解できていればいいのだけれど――と、ルーシーは思った。

「ゆくゆくは、お会いしたいわ。でもね、ノーフリートさんの功績に対する尊敬の念が強くなればなるほど、お目にかかる勇気をくじかれてしまって」

ルーシーは、女性の言葉を頭の中でかみくだいた――つまり、あまりにも立派な船を作るから、おじけづいちゃうってことよね。

ジャックは、理解できているようだ。「そうですよね。じつにみごとな船だ！」と、熱っぽくいう。

「まあ、わたしとしたことが」と、女性は軽くおじぎをした。「ミス・ウィルシャーと申します」

「ルーシー・スチュワートです」

「ジャック・タッカーです。はじめまして」

「こちらこそ、はじめまして」と、女性はほほえんだ。「この町の方ではないわね？」

「ボストンから来ました」と、ジャック。

「あなたたちがノーフリートさんを見つけるまで、ここで待たせてもらおうかしら。ノーフリートさんのご気分を、ぜひとも推し量りたいわ。ひょっとしたら今日、ようやくお目にかかれるかも……もし、あなたたちから見たノーフリートさんが、好感の持てる方だとしたら」

「わかりました。お知らせしますよ」ジャックはそういうと、堂々たる船のほうへ近づいていった。

と、とつぜん目の前に一枚の厚板が飛びだして、その先端《せんたん》が数歩先の桟橋《さんばし》に落ちた。船の乗り降りに使う、段がわりの横棒《ぼう》がついた歩み板だ。乗船中の何者かが、甲板《かんぱん》から桟橋にわたしたにちがいない。

はたして、上から声がふってきた。「止まれ！　なにか用か？」

ルーシーとジャックが顔をあげたら、ひとりの男が立っていた。茶色の粗布《あらぬの》のパンツ、ゆったりとした白いシャツ、黒いベストというかっこうで、ベストのボタンはとめていない。腰《こし》に巻いた分厚い革ベルトには、数本のナイフと短剣がぶらさがっていた。長い髪《かみ》をポニーテールにしばり、バンダナのようなスカーフを頭に巻いている。あごにひげを生やしているわけではないが、きれいにそってもいない。

ルーシーの頭を、ある言葉がよぎった――海賊《かいぞく》だ！

17

クジラの歯のナイフ

「ジャック・ノーフリートさんを、さがしてるんです！」船上の男に向かって、ジャックが声をはりあげた。

男は片足を甲板《かんぱん》に、もう片方の足を歩み板にのせ、腰《こし》に手をあてていた。映画のポスター用に、ポーズでもとっているかのようだ。

「おれが、ジャック・ノーフリートだ」

その言葉にジャックが胸をはった。ルーシーは、ジャックが勢いづいたのがわかった。歩み板もつかわず、船の甲板に直接飛びのるかも、と思ったほどだ。いま、ジャックは、自分の先《せん》祖《ぞ》で一族の伝説の人物から、わずか数メートルの距離に立っているのだ！

「もう一度きく。なにか用か？」

「はい！　ジャック・タッカーといいます。こっちは、ルーシー・スチュワートです。船に乗ってもいいですか？」

ジャックは物おじせず、堂々とたずねた。自分が目の前の男の直系の子孫だと、あらかじめ知っているからか？

ジャック・ノーフリートはルーシーとジャックをしげしげとながめてから、上がってこいと合図し、甲板の奥へ姿を消した。

船と栈橋《さんばし》とをつなぐ歩み板はかなり急勾配《きゅうこうばい》で、手すりはない。栈橋から甲板までの約三メートル半を、ジャックもルーシーもよじのぼるしかなかった。真下は、波の荒い海だ。歩み板の端《はし》にしがみついて、四つんばいになり、まずジャックが這《は》いのぼった。つづいてルーシーが、重いドレスに四苦八苦しながら、のぼっていく。一歩でも足を踏《ふ》みはずせば、海へドボンだ。

ジャックが歩み板をのぼりきり、甲板へ飛びのった。ルーシーも飛びのろうとしたそのとき、ジャック・ノーフリートが片手をさしのべてくれた。まだ緊張《きんちょう》はしているが、ドレスは長いし、船もゆれる。助けてもらえるのは、正直ありがたかった。

「あの……ありがとうございます」

親切に助けてもらったというのに、ルーシーはやはり男がこわかった。けれど日焼けしたその顔を間近で見て、意外と若いのかも、という印象をうけた。ティーンエイジャーよりは年がいっているが、そう年上でもなさそうだ。

甲板《かんぱん》を見て、ルーシーは思った。きれい！　広い！　いま、自分が一七五三年にいて、船の上に立っているという事実をかみしめながら、あたりをじっくりと観察した。

ジャック・ノーフリートがたずねた。「で、おれになんの用だ？」

「ボートを作っているんですよね？」と、ジャック。

「船を建造しているんだ」ジャック・ノーフリートはジャックの言葉を訂正《ていせい》し、しばらく見つめあった。まるで、たがいに見知っているかのように――。

もちろん、そんなことはありえない。それでもルーシーは、ふたりの顔が似ていることを、みとめざるをえなかった。目のまわりや口元が、どことなく似ている。

「年は、いくつだ？」ジャック・ノーフリートが、なおもジャックの顔をじろじろと見ながらたずねた。

「もうすぐ十二歳《さい》です。なぜ、そんなことを？」

「初めて会う気がしないんだ。名前も同じだし」

「ええ、同じ名前ですね」と、ジャック。

ジャック・ノーフリートは眉間《みけん》にしわを寄せ、首をふった。「で、用件は？」

「ぼくらは、ボストンから来ました。ルーシーのお父さんが、ボートを……船を建造できる人をさがしていて。で、あなたの仕事を見てくるようにいわれたんです」ジャックは、その場しのぎの話をでっちあげた。

ルーシーは思った――やるじゃん！

「ほう、そのお父さんとやらは、海賊《かいぞく》ごときと契約するのに、なんの不信感も抱《いだ》いていないのか？」ジャック・ノーフリートの辛らつな口調には、皮肉《ひにく》がまぶしてあった。

「そこの看板には、船大工と書いてありました」と、ジャック。「船大工なんですか？ 海賊なんですか？」

「それは、おれが決めることじゃない」ジャック・ノーフリートはそういうと、甲板の中央へ歩いていった。中央には、下の階への階段がある。

ルーシーとジャックもついていき、階段の入り口でジャック・ノーフリートが頭をかがめるのを目撃《もくげき》した。ルーシーとジャックの背丈《せたけ》だと、かがまなくてもぎりぎり通過できた。

階段をおりた先は、広い部屋だった。天井《てんじょう》は低く、天井から吊《つ》りさげられたランプが前後にゆれている。

船のゆれには慣れても、こんなふうにずっとゆれる物を見ていたら、いやでも船酔《よ》いしちゃいそう――と、ルーシーは思った。

傾斜した壁《かべ》にある細長い窓のそれぞれから、光がさしこんでいた。広いテーブルがひとつ、部屋の中央を占領し、テーブルの上には丸まった紙がいくつか転がり、片端《かたはし》にはインク壺《つぼ》とペンがならんでいる。部屋の隅《すみ》には、木工具がのった小さな作業台もあった。

「ここが、作業場ですか？」ルーシーはたずねた。

「ああ、よほどの悪天候でなければ、いつもここで作業する。船に乗っているほうが、性にあうんだ」

ジャックが、数隻《せき》のみごとな模型船《もけいせん》がならんだ壁ぎわの棚《たな》を指さした。「全部、お手製ですか？」

「ああ」模型船を観察するルーシーとジャックをながめながら、ジャック・ノーフリートはベンチに座《すわ》った。「なぜ、父親が直接来ない？　なぜ、子どもをよこした？」

「ボストンを離れられなかったんです」と、ルーシー。

「おまえの父親が本気でおれに頼《たの》む気なら、子どもをよこしたりせず、大人どうし、きちんと会ってしかるべきだろうが！」

ルーシーは、緊張《きんちょう》をさとられないようにしながらいった。「まずは、あたしたちが報告します。

父は、あとで来ます。父は、すごくいそがしいんです」

ジャック・ノーフリートが立ちあがり、ふたりのほうへ身をのりだして、どなった。「おれだって、いそがしいんだ！」

ルーシーは帰りたくなったが、ジャックが質問した。「この模型船は、すべて実物があるんですか？」

「ああ、だいたいは」

「あっ、これ、〈クレメンタイン号〉だ！」ジャックは、いま自分が乗っている船の約三十センチの美しい模型を、うっとりとながめた。「この船、だれかに頼まれて作ったんですか？」

「いや。おれのものだ。いまは亡きおふくろの名前をとって、クレメンタインと名づけた」と語るジャック・ノーフリートの声は、誇《ほこ》らしげだった。

ジャック・ノーフリートの母親クレメンタインもおれのご先祖《せんぞ》さまなんだな、とジャックが気づいたのが、ルーシーにはわかった。

ルーシーは、もう一度、部屋の中を見わたし、ジャック・ノーフリートの職人としての技術と勤勉な仕事ぶりに胸を打たれた。

「これも、お手製ですか？」と、ジャックが、ある模型船のとなりに置いてあった物を指《さ》した。

それがなにか、ルーシーにはよくわからなかった。

「いや、そいつはちがう」

ルーシーはその物体に目をこらした。彫刻《ちょうこく》のようだ。小さい、なめらかな白い彫刻。クジラの形をしている。

「どこで手に入れたんですか？」ジャックが、またしてもたずねた。

「おれは、ガキのころからずっと船で暮らしてきた。そいつは、ここことは別の大海原で、ある船の船員から手に入れたものだ」と、ジャック・ノーフリートが説明した。「それを作った職人の技が気に入ってな」

別の大海原というのは太平洋のこと？　とルーシーは思ったが、たずねるのはやめにし、話題を変えた。「父は、あなたの技術に満足すると思います」

ジャックがたずねた。「なぜ、海賊《かいぞく》と契約していいのかなんて、いったんですか？」

ジャック・ノーフリートは、象牙《ぞうげ》とおぼしき柄《え》を持つナイフを一本、ベルトから引きぬき、テーブルにつき立てた。

ルーシーは、ぎょっとして体をこわばらせた。

「それは、おれがいまも昔も海賊と見なされているからだ。その事実に、おれは誇《ほこ》りも後悔《こうかい》も感じていない。他人が困却《こんきゃく》するのは、おれのあずかり知らぬこと。だが、だれかにやとわれる場合は、事前にやとい主のモラルを知っておきたい」

ルーシーは、〝後悔《こうかい》〟という単語の意味はわかる自信があった。だが〝困却〟と〝モラル〟という言葉は、聞いたおぼえがなかった。

「ええっと、つまり、あなたは海賊だけれど、もう海賊はしていないってことですか？」

ジャック・ノーフリートは、声をあげて笑いだした。その深く豊かな声に、ルーシーは少しほっとした。

「おいおい、ずいぶん正直な二人組だな。よし、おれの身の上話を聞かせてやろう。それを、ミス・スチュワートの父親に伝えればいい」

ジャック・ノーフリートの身の上話は、家族ですごしたイギリスから、新天地アメリカの植民地をめざして船旅に出たところから始まった。家族は、両親に兄弟がふたり、妹がひとり。一家はジョージ王の圧政と権勢をほこる貴族たちから離れ、農夫として新天地で身を粉にして働くつもりだった。

ジャック・ノーフリートは、両親がいかに勇敢《ゆうかん》だったか、語った。

「大海原をわたるのは、多大なる危険がともなうんだ。中でも、おれたちが直面した危険は、とても乗りこえられるものじゃなかった。すさまじい嵐でな。おれたちの船は、乗客ともどもに遭難《そうなん》しちまった」

「あなた以外は、ですよね」と、ジャック。

「まあな。半死半生で板にしがみついたおれは、海賊船《かいぞくせん》に助けられた。大半の海賊は、私掠《しりゃく》船《せん》の元乗組員だった」

「私掠船って？」ルーシーは、すっかり話に夢中になっていた。

「王の命令で敵船を捕獲《ほかく》し、王のために財宝を強奪して、王に食わせてもらっていた連中の船だ。善人《ぜんにん》もいれば、悪人もいた」

「その人たちは、なぜ海賊に？」これは、ジャックだ。

「わずかな金のために命を賭《か》けるのが、ばからしくなったんだ。王のために盗《ぬす》むのなら、自分のために盗んだっていいじゃないかってな。だがおれは、家族全員を海にうばわれた、ただのガキだった」

「そのとき、何歳《さい》だったんですか？」また、ジャックがたずねた。

「八歳だ。その海賊船では六年間すごした。〈アベンジャー号〉という船でな。船の操縦《そうじゅう》法や修理法を学んだ。遠洋で魚を釣る方法や、別の船に乗りうつって略奪《りゃくだつ》する方法、ぶんどった財宝を平等に山分けする方法も教わった。だがもっとも大きかったのは、だれを信用していいか、だれを警戒《けいかい》するべきか、教わったことだ」ジャック・ノーフリートはそういうと、テーブルにつき立てたナイフを引きぬき、鋭《するど》い刃に指を走らせた。

こんな仕草を見ればだれも逆《さか》らおうとはしないだろうな、とルーシーは思った。

ジャック・ノーフリートの話は、さらにつづいた。「〈アベンジャー号〉はがんじょうな船だったが、とうとう猛烈《もうれつ》な北東風にやられてな。この港からそう遠くない浅瀬に乗りあげちまった。乗組員の一部は海に飛びこんで泳いだんだが、岸までたどりついた者はほとんどいなかった。逃《に》げなかった男たちはボストンに連行され、海賊行為《こうい》の罪で絞首刑《こうしゅけい》に処されたんだが、ガキだったおれは牢屋《ろうや》にとじこめられた。おれをどうするか、住人たちがもめてな。海賊の暮らしに染まりきったコソ泥《どろ》だという者もいれば、幼《おさな》くして災難つづきだったおれをあわれむ者もいた。で、結局、おれは晴れて自由の身となった。それでも、おれの評判にもとづく差別は、いまも残っているわけだ」

「そのあと、どうしたんですか？」ジャックは、すっかり話に夢中になっていた。

「おれにいったいなにができるというんだ？　金は、ポケットに硬貨《こうか》が数枚しかなかった。だがおれには、〈アベンジャー号〉で身につけた技術があった。それなりに知恵もあったし、筋肉もある。で、そのすべてを総動員して、この港で働いたんだ」

ジャック・ノーフリートの身の上話は、ジャックがクラスで発表したものとは少しちがっていたが、大筋は同じだった。

家族がいないなんて。家族がいたのに、それを失ってしまうなんて――。ルーシーには、想像がつかなかった。

「あの、いまは、家族がいるんですか？」

「いや。いまも、これからも、家族を持つつもりはない」と、ジャック・ノーフリートはきっぱりといった。

いずれ、家族を持たなきゃダメ！　でないと、ジャックが生まれなくなっちゃう！

「家族を持たないなんて、なぜ？」ルーシーは思わずそうたずねてすぐに、ぶしつけだったかも、と不安になった。

「これ以上、家族を失うのはごめんだ」ジャック・ノーフリートの返事には、とりつく島がなかった。

ここでジャックが予想だにしなかった言葉を口にし、ルーシーをぎょっとさせた。

「その気持ち、ぼくにはよくわかりますよ」

「なに、わかるだと?」ジャック・ノーフリートが、うたがうような口調でたずねる。

「ぼくには、父親がいないんです。生まれる前に死んじゃって……。いまは、母とふたりで暮らしてます。それはそれで、うまくいってますけど」

「おまえのお袋さんは、きっとすてきな人なんだろうな……おれのお袋と同じように」ジャック・ノーフリートはそういいながら、ベンチから立ちあがった。

向かいに座《すわ》っていたルーシーも立ちあがった。だがジャックは、目の前のテーブルにおいてある白い柄《え》のナイフを見つめたまま、座っていた。

そのようすに気づいたジャック・ノーフリートが、ジャックに声をかけた。「柄はクジラの歯なんだ。気に入ったか?」と、ナイフを持ちあげ、ジャックにさしだす。

「ありがとうございます、ノーフリートさん。でも、いただけません」と、ジャック。

ジャックがいくら望んでも、そのナイフを持ったままミニチュアルームを通りぬけることはできないと、ルーシーはわかっていた。A12にもどった瞬間《しゅんかん》、ぱっと消えてしまうだろう。

「ナイフなら、ほかにもある」と、ジャック・ノーフリートはベルトに残っている二本の小ぶりなナイフをジャックのほうへ向けた。「さあ、いいから、受けとってくれ」と、クジラの歯の柄《え》のナイフをジャックにさしだす。

「わかりました。ありがとうございます」ジャックはルーシーを見て肩《かた》をすくめ、手の中でナイフを転がし、JNとイニシャルが彫《ほ》られたなめらかな曲線を描く白い柄を、ほれぼれとながめた。「スゲー！」

「すげえ？　初めて聞く言葉だな」

「あっ、えっとですね、それは……じつにすばらしい、みたいな意味です」

ジャック・ノーフリートのあとから階段をのぼりつつ、ルーシーはドレスのかさばる裾《すそ》をたくしあげ、風にはためく白い帆《ほ》と、そこからのぞく真っ青な空をあおぎ見た。

「おれとおまえには、名前のほかにも共通点があるんだな」ジャック・ノーフリートは、歩み板に足をかけながらジャックに声をかけた。

「刺激的《しげきてき》な人生という点では、ぼくなんか、とてもおよばないですよ」と、ジャック。

「まあ、たしかにな。いまの仕事にも、喜びをおぼえているしな」ジャック・ノーフリートは背筋をすっとのばし、ジャックを見おろした。「だがな、家族を取りもどし、愛する家族とふつうの生活を送れるのなら、おれはすべてを犠牲《ぎせい》にしてもおしくない。海賊《かいぞく》との暮らしを刺激《しげき》的《てき》とおまえはいうが、おれは親父とお袋に、いまのおれと、おれがいままでに作った船を見せてやりたい。……おまえたちのせいで、かなりの時間をむだにした」ジャック・ノーフリートは、以前のとげとげしい口調にもどっていた。ルーシーは、帰れとほのめかされているのを感じた。「素性の知れないやといい主のために働く気はない、と父親にいっておけ。直接会わないかぎり働かん、とな。さあ、とっとと失せろ！」

ジャック・ノーフリートの眉《まゆ》が下がり、いきいきと輝《かがや》いていた目がわずかにかげる。「お時間をさいていただき、ありがとうございました、ノーフリートさん」とルーシーが礼をいっても、返事はない。

ジャック・ノーフリートはさっさと引きかえし、足音をたてて階段をかけおり、たえずゆれる船の奥へと姿を消した。

18

予期せぬ事態

桟橋《さんばし》を歩きだしたルーシーとジャックは、近くのベンチで待っていたミス・ウィルシャーを見つけた。

ふたりが近づいてくるのに気づき、ミス・ウィルシャーはすぐに立ちあがった。「満足のいく出会いとなったかしら？」

ミス・ウィルシャーの問いかけに、ルーシーが答えた。「うーん……どちらともいえないです」

「と、いうと？」

「まあ、その、おもしろかったことはおもしろかったんだけど、ノーフリートさんは上機嫌《じょうきげん》だったとはいえないな」

これはジャックだ。まだ、クジラの歯の柄《え》のナイフをしげしげとながめている。

ルーシーがつけくわえた。「時間をむだにされるのが、いやみたいで。その点は、ちょっと

ビミョーかな」

「びみょう？」十八世紀を生きているミス・ウィルシャーが、首をかしげる。

「ええっと、せっかちってことです」と、ルーシーは説明した。

ジャックがナイフをポケットにしまおうとしたとき、陽光が刃に反射し、ミス・ウィルシャーの目をひいた。「それ、ノーフリートさんのお手製？」

「はい」と、ジャックは自慢《じまん》げにナイフを見せた。「ほら、見えます、イニシャル？」

「まあ、壮大な作品はもちろん、小さい作品にも繊細《せんさい》な技を凝《こ》らせるのね！」

ミス・ウィルシャーは、うっとりとコメントした。

「ジャック、そろそろ行かないと」ルーシーは、船上でどのくらいの時間をすごしたかわからず、不安だった。フィービーの部屋に早く行きたい。

「ふたりとも、いろいろとありがとう」と、ミス・ウィルシャー。「じゃあ、もっと妥当《だとう》な時期を選んで、おたずねしてみるわね……それなりに意味のある質問があるときにでも」

「それがいいと思います。でも、そんなに悪い人じゃないですよ」と、ジャック。

ミス・ウィルシャーはもう一度〈クレメンタイン号〉を見ると、それ以上はなにもいわず、去っていった。

ジャックも、〈クレメンタイン号〉とその向こうの海へと視線を向けている。「おれ、まだ、信じられないよ！」しばらくして、夢から目ざめたかのように首をふりながらいい、ルーシーといっしょに港からメイン通りへと引きかえしはじめた。「あれは、いったい、なんだったんだろう。自分でも、よくわからない！」

「ノーフリートさんが作った船は、本当にすばらしかった！　ノーフリートさん、このあと、どうなるのかしら？」

「悲しいよな、家族全員をあんなふうに失うなんて。おれには、少なくとも母さんがいてくれる」

「おばさんたちも、おじさんたちも、いとこも、うちの家族もいるじゃない！　ジャックを牢《ろう》屋《や》にとじこめておくべきだなんて、だれも考えてないし！」

「うん。恵まれてるよな、おれは」ジャックは庭の門の前で立ちどまり、もう一度、海のほうをふりかえった。「ケープコッドに行くよう、母さんを説得しようっと。母さんには、きっとそのほうがいい」そして、クジラの歯の柄《え》のナイフをポケットから取りだした。「あーあ、これ、手元に置いておけたらなあ。残念だ！」

ルーシーは、手からナイフが消える瞬間《しゅんかん》のショックをやわらげてあげたくて、声をかけた。

「ノーフリートさんがジャックに持っていてほしいと思ってくれただけでも、よかったじゃない。さあ、そろそろもどろう」

ジャックが後ろ手に門をしめるのを見て、ルーシーは違和感をおぼえた。ほんの一瞬、まるで銅像《どうぞう》のように、ジャックの動きがぴたっと止まったように見えたのだ。次の瞬間、ジャックは何度かまばたきをして、門をしめ、きちんとかんぬきをかけた。「ジャック、だいじょうぶ？」

ジャックは、奇妙《きみょう》な顔でルーシーを見た。「そういわれると、なんとなく……よくわからないけど……変な気分だな」

ふたりとも部屋に入る前に、手前で耳をすました。十八世紀の世界で二時間以上すごしてきたのだが、もっと短かった気がする。

部屋に足を踏《ふ》みいれた瞬間、ジャックはナイフをにぎりしめた。まるで全力でにぎりしめれば、運命にさからえるとばかりに――。だが数秒もしないうちに、こぶしの中身は空っぽになっていた。

ルーシーは、やさしく声をかけた。「残念ね、ジャック」

ジャックがルーシーの背後に視線を走らせ、ぎょっとして目を見ひらき、ささやいた。「動くな！」

ルーシーはとっさにふりかえって、ジャックと同じ物を見たくなったが、ぐっとこらえて動きを止めた。

三人の子どもが、ギャラリーから部屋をのぞきこんだ。

「おい、見ろよ！」ひとりの少年が叫《さけ》んだ。

「あのドレス、完ぺきだわ！」少女の声もする。

「ほかにも人形のいる部屋があるかどうか、見てみようぜ」と、さきほどの少年がいい、三人は次の部屋へと移っていった。

「人形を見たなんて、だれにもいわないといいんだけど」ルーシーはそういいながら、部屋の中のクロゼットに飛びこんだ。ジャックもすぐ後から飛びこみ、ドアをしめた。「ふう、あぶなかったね！」

「ああ、マジで、ヤバかった！」と、ジャックがベストをフックにかける。

ルーシーはぼうしをフックにかけ、ドレスのひもをほどいた。「それにしても、このドレス、きゅうくつだわ」

「男の服は、そう悪くないぞ。少なくともズボンは、現代のズボンとたいして変わらない」と、ジャックは三角ぼうしを別のフックにかけた。

着替《きが》えたふたりは、ミニチュアルームの裏《うら》の下枠《したわく》へと出た。ルーシーは、フィービーの部屋へ行きたかった。フィービーのタグがユージニアの遺言状《ゆいごんじょう》と手紙のありかへと、かならずみちびいてくれると信じている。

けれどいまは、ひとまず座《すわ》り、考えをまとめたかった。この数時間は、心をゆさぶられてばかりいた。とくに、ジャックは。「ねえ、ジャック、少し休もうよ。時間は、まだたっぷりあるし」

ふたりは下枠に座り、端《はし》から足をぶらぶらさせた。眼下は広大な峡谷《きょうこく》のようだが、もう目まいを感じることはない。

しばらくして、ジャックがいった。「おれ、あの人、好きだな」

「あたしも。最初はどんな人なのかなって、ちょっと不安だったけど。意地悪をされたりするのかなって」ルーシーは、正直な感想をもらした。

「うん。でも、さんざんつらい人生を送ってきたんだ。しょうがないよな」ジャックはそういうと、首を左右にかたむけた。首がこった人がよくやる仕草だ。「なんか、マジで、痛くてさ。風邪《かぜ》をひいたんじゃないといいけど」

ルーシーは熱をはかろうと、ジャックの額《ひたい》へ手をのばした。「えっ……冷たい。ものすごく冷たい！」

「熱があるよりましだろ？」

「いろいろあったから、調子が狂《くる》ってるのね」

「かもな」

ふたりとも廊下《ろうか》の暗がりを見つめながら、この数時間で起きたことに、それぞれ思いをめぐらした。

過去の住人にならい、これまでも会ってきた。けれど今回はなにかちがうと、ルーシーは感じていた。かならずしも、良い意味でちがうというわけではない。いままでミニチュアルームでは感じたことのない、あやふやだが、打ち消しがたい違和感をおぼえていた。なにかが、おかしい。でも、それがなにか、はっきりとはいえない――。

とつぜん、騒音が鳴りひびき、ふたりともぎょっとして、あやうくバランスをくずしそうになった。すぐにルーシーが、自分を現実に引きもどした騒音の正体に気づいた。ルーシーの携《けい》帯《たい》電話の呼びだし音だ。

ルーシーが発信者番号を確認するあいだに、ジャックがいった。

「初めてだよな、ここでかかってきたのは。ケータイは、ミニサイズでも機能するんだな」

ルーシーは、電話に出た。「もしもし、パパ？」話を聞いて、返事をする。「あと少しだけ、美術館にいられない？　お願いだから、ね、ね？　――わかった。じゃあね」うんざりした顔で、携帯電話をいきおいよく切った。「今日はクレアの誕生日でね。夕飯は早めに外食するんだって。クレアが友だちの家のパーティーに行って、そのままお泊《と》まりだからって」

「じゃあ、そろそろ行かないとな」と、ジャックが腰《こし》をあげた。

「でも、遺言状《ゆいごんじょう》と手紙を見つけないと。やれるだけのことはしないと……」

「明日、もどってくればいいだろ」

「それしかないよね」ルーシーはため息をつき、鎖編《くさりあ》みの輪へと向かった。「今日は、いろいろあったね。今朝《けさ》イザベラと会っていたなんて、ウソみたい」

「だよな。でもおれは、ジャック・ノーフリートと会ったことだけは、ぜったい忘れない」


「みんな、どうしちゃったのかな？」と、ジャック。

通りかかった乗客にぶつかられ、たおされそうになったのは、これで三度目だ。バスは混んでいるが、ぎゅうぎゅうづめで通りぬけられないほどではない。ずっと市営バスに乗りつづけてきたふだんのジャックなら、客とぶつかることなどありえない。

「ねえ、ジャック、じょうだんぬきで具合が悪そうよ。真っ青だもの。家まで送ってあげる」

すると、ルーシーのとなりに座《すわ》っていた女性がいった。「えっ、なあに？　わたしにしゃべっているの？」

「いいえ」ルーシーは、礼儀《れいぎ》ただしく笑みをうかべた。

しかし女性は、不審《ふしん》そうな表情でルーシーのことを見つめかえした。

バスをおりたふたりは、近くのジャックのマンションまで走っていった。ジャックがポケットから鍵《かぎ》を取りだし、マンションの正面玄関《げんかん》をあけようとする。

「どうしたの？」ジャックが手間どっているのを見て、ルーシーがたずねた。

「つまってるな」ジャックが、さらに鍵をガチャガチャと鳴らした。「こわれてる」そして、インターフォンのボタンを押《お》した。

「はい？」スピーカーから、男性の声が流れてきた。

「あれ、ええっと、うちの母はいますか？」ジャックには聞きおぼえのない声なのが、ルーシーにもわかった。

「はあ？」と、男性の声が応じる。

聞きなれない男性の声を聞き、インターフォンのボタンの横に書かれた名前を見た瞬間《しゅんかん》、ルーシーの全身を恐怖《きょうふ》の波がかけぬけた。

インターフォンのボタンの横には、〈L・タッカー〉ではなく、〈H・ミラー〉と書いてあったのだ！

さっぱりわけがわからず、建物か、部屋番号か、なにかをまちがえたにちがいないと思った次の瞬間、ルーシーはそくざにあることをさとった。

だが、当のジャックは、まださとっていなかった。「だから、リディア・タッカーです。母を出してください」

「ちがうお宅じゃないんですか」という男性の声とともに、インターフォンが切れた。

「うちのインターフォンに出るなんて、なんなんだよ、こいつ」と、ジャックが首をふる。

ルーシーは、からからにかわいたのどから声をしぼりだした。「あのね、ジャック、たぶん……とんでもないことが……起きてるんじゃないかな」

19

抜け穴

ルーシーは、裏口《うらぐち》をチェックしようと建物の裏手に走っていくジャックを追いかけた。けれども、結果はわかっていた。

ジャックの鍵《かぎ》では、裏口のドアもあかなかった。タッカー家のゴミ箱もなければ、タッカー家の物置きも、母親の車もない。

ジャックは小石をひとつひろい、自宅のある四階のリビングの窓にぶつけようと腕《うで》を引いた。

「ジャック！　むだよ！」ジャックが小石を思いきり投げつける前に、ルーシーはその腕をつかんだ。

ジャックが口をひきむすび、むっとした表情でルーシーのほうを向き——恐《おそ》ろしい事態に気づき、顔色が変わった。「さっき、バスで……みんな、やたらとおれにぶつかってきたのは……おれが見えなかったからってことか」

ルーシーは、だまってうなずいた。

「美術館でも……ミニチュアルームをのぞきこんだ子どもたちは、ルーシーのドレスのことしかいわなかった。おれを見たとは、ひとこともいわなかった」

「でも、でもね、あたしにはジャックが見えてるよ」

ジャックがすぐとなりに立っていて、ちゃんと生きていて息もしているのに、ルーシーは最悪の事態を考えてしまった。このタイムトラベルに、じつは裏があるとしたら？　魔法《まほう》に奇《き》妙《みょう》な抜け穴があって、ジャックの存在そのものに影響《えいきょう》をおよぼすとしたら？　ジャックはあまりにも青白かった。だんだん体が透《す》けて、向こう側が見えてくるような――。

「おれの額《ひたい》を、またさわってくれよ」

ルーシーは、ジャックの額に手をあてた。さっきよりも冷たい！「とにかく、解決策を見つけよう」

「でも、母さんはここに住んでないんだぞ！　シカゴに住んでいるかどうかも……」ふとジャックは言葉を切り、さらに考えこんだ。「でも……そんなことは、どうでもいいんだよな？」

ルーシーも、ちょうどいま、同じ結論にたっしたところだった。もしふたりがジャック・ノーフリートをたずねたことで歴史が変わったのだとしたら、ジャックの一族のその後の歴史は、すべて起きなかったことになる。

ルーシーの頭の中を、さまざまな考えがかけめぐった。もしジャックが初めから存在しないことになったら、ミニチュアルームでの冒険《ぼうけん》はどうなる？　どっちみち、鍵《かぎ》を見つけたのはジャックだ。鍵を見つけた過去そのものがなかったことになったら、いま起きていることをどうやって止めればいい？

さすがに声に出してはいえない。かわりに、ルーシーは別のことを叫《さけ》んだ。「鍵！　銀貨！　両方、かして！」

ジャックが両手をポケットにつっこみ、鍵と銀貨を取りだす。

鍵も銀貨もこれまでどおり輝《かがや》いているのを見て、ルーシーは息を吐《は》きだし、両方つかもうとした。が、手を止めた。考えなきゃ、ダメ！　つかんだらどうなるか、ちゃんと考えないと！

「ジャック、あたしの手をにぎっていて」ルーシーはジャックのあいた手をつかむと、もう片方の手をひらき、鍵と銀貨を受けとった。「うん。だいじょうぶ。まだ、ちゃんと、ジャックのことを感じる」

ジャックがルーシーの手を放した。

ルーシーは、ジャックの目をまっすぐ見つめた。あたし、なにをさがしてる？　ジャックの目の光がかげっているのを、さがしてる？

「じゃあ、ジャック、整理して考えてみようよ。あたしたちが過去の世界でとった行動のどれかが、歴史を変えてしまった。先祖《せんぞ》のジャック・ノーフリートさんは、これまでの歴史では家族を持ったはず。けれど、あたしたちがとった行動のせいで、あるいは、とらなかった行動のせいで、家族を持たなくなってしまった……。ここまで、あってる？」

「うん、筋は通ってる。だって、おれは……ここにいるとはいいきれない状態だし。消えかかってるし」

ジャックの服も、漂白剤《ひょうはくざい》にさらしたかのように、すでに色あせていた。

「でも、まだちゃんとここにいるじゃない！　あたしには見えてるよ。鍵も銀貨もまだ輝いてる。つまり、歴史は……あたしの歴史は、百パーセント変わっちゃったわけじゃない。十八世紀へタイムトラベルする前の歴史も、まだ、ぜったい、残ってるって！」と、ルーシーは断言した。「じゃあ、あたしは鍵を持ってるね。ジャックは、銀貨を持っていて」と、銀貨をジャックにわたす。「ノーフリートさんのところにいっしょにもどって、あたしたちの行動をなかったことにするまでは、べつべつに持っておこうね」

「あたしたちとか、いっしょにとかいってるけど、おれは行こうが行くまいが関係ないだろ。

このバージョンの歴史では、おれは存在してないんだからさ」

「まあ、そうだけど、あたしはジャックから目を離さないわよ」と、ルーシーはいいきった。「さあ、行こう!」


ルーシーにとって姉クレアの誕生祝いの外食は、これ以上ないくらい奇怪な体験となった。お気にいりのイタリア料理店で家族と食事をしつつ、近くの空のテーブル席には、ルーシー以外には見えない大親友が座《すわ》っているのだ。

ジャックに話しかけちゃダメ、とルーシーは何度も自分にいいきかせなければならなかった。ジャックのほうを向くのも、ダメ!

おかげで少なくとも六回は、どうかしたの? と母親にたずねられた。

とにかく、なにがなんでも、きちんとしていなければ。具合が悪いなどと親に思われたら、明日は外出させてもらえなくなる。明日は、シカゴ美術館に行かないと。A12〈ケープコッドの居間〉に行って、歴史を元にもどさないと——。

ラビオリにフォークを刺《さ》して、口につっこみ、むりやり噛《か》んで飲みこんだ。ルーシーから見ても、ジャックはますますうつろで、頼《たよ》りなく見えた。その事実にくわえ、ルーシーは別の恐怖《きょうふ》も味わっていた。ジャックのことを、なかなか思いだせなくなってきたのだ！　初めて会ったのはいつかとか、誕生日はいつかといったことが、ぱっとうかんでこない。ジャックの存在を感じさせる事実がつぎつぎと頭の中からぬけていき、別の人生の記憶《きおく》と——ジャックのいない人生の記憶と——入れかわっていく。

そうよ、ママ、あたし、どうかしちゃったの。とんでもないことが、起きてるの！

その晩、自宅で、ルーシーはジャックとつねに行動をともにした。リビングに行き、本を読んでいるふりをしたものの、あまりにも不安で、読書のふりすらつづかなかった。ダイニングのコンピュータの前へと席をうつし、スクリーンにジャックへの質問を打った。それにジャックが声をあげて答える。声を出しても、聞こえるのはルーシーだけだ。

〈気分はどう？〉と、ルーシーは打った。

「まあ、変わりないよ。あいかわらず寒い。なんとなく体重が軽くなった気がする」

〈過去を思いだせる？　誕生日とか、幼稚園《ようちえん》にいたころのこととか？〉

「うん。ぜんぶ、思いだせるよ。なぜ、そんなことを？」

〈なんとなく、きいてみただけ〉というルーシーの〝うそ〟が、スクリーンに表示された。

「ルーシー、寝《ね》る時間よ」リビングから、母親の声がした。「明日ケイティたちと一日中、ミレニアムパークですごすんでしょ。英気を養っておかないとね」

最初は、なんの話かわからなかった。だが母親にせかされたおかげで、ある記憶《きおく》がすっとよみがえった。これは、いつの記憶？　つい先日の記憶？　ケイティ・ホブソンやほかのクラスメートの女の子たちと——そう、大親友の女の子たちと——土曜日に、一日がかりのサマーコンサートを楽しむ約束をしたんだった。わくわくする。細かい点が、つぎつぎと頭にうかんできた。この数日、ケイティやアマンダと、電話でいろいろとしゃべったっけ——。

ん？　待てよ。あたしには、もっと大切なことがある！　ミレニアムパークに行くという口実は、完ぺきなアリバイになる！

「はーい、ママ。あとちょっとで、終わりにするから」

「なあ、なんの話だよ？」ジャックがルーシーにたずねた。「コンサートって？　ルーシーとケイティは……」表情からすると、ピンときたようだ。「コンサートに行く約束をしたって記憶が、本当にあるのか？」

ルーシーは、返事をタイプした。

〈うん。別バージョンの生活では、ケイティが大親友なの〉〝大親友〟という言葉をジャック以外に使うのは、ジャックを裏切《うらぎ》るような気がして後ろめたい。〈ごめんね〉

「いいさ、べつに。なるほど、そういうことか。だからさっき、過去を思いだせるかどうか、きいたんだな？　ルーシーは、おれのことを思いだせなくなってきているのか？」

ルーシーは、またしても〝うそ〟をタイプした。〈そんなこと、ないよ〉

寝室《しんしつ》で、ジャックがクレアのベッドにいきおいよく腰《こし》をおろした。しかし、掛《か》け布団はほとんどへこまない。

ルーシーにはまだジャックが見えているし、声も聞こえる。それだけが救いだった。

しかしその救いとは裏腹に、あけはなたれた窓から吹《ふ》きつける風のごとく、新たな記憶がいろいろとルーシーの頭の中に入りこんでいた。摩訶《まか》ふしぎなソーン・ミニチュアルームに入りこんだ記憶は、まだ残っている。これは、おおきなプラス材料だ。けれど新たな記憶では、古い魔法《まほう》の鍵《かぎ》をくれたのは、父親の知人であるミセス・マクビティーというすてきな老婦人だ。その鍵を使っているのはルーシーだけで、ソーン・ミニチュアルームへは、11番ギャラリー近くのドアから――警備員のロッカールームにつながるドアだ――忍びこんでいる。

いままでとは別のルートだ！

ルーシーの頭の中で、二種類の過去がせめぎあっていた。ジャックとふたりでミニチュアルームにもぐりこんだ過去と、ひとりきりでもぐりこんだ過去のそれぞれが、優位に立とうと競いあっている。ルーシーはどちらも忘《わす》れまいとして、頭がくらくらした。

新たな記憶《きおく》がつぎつぎと、頭の中に流れこんでくる――。それを記憶の中に根づかせまいと、頭をふった。ちょうど、昼間に夢を思いかえしてもきれぎれの断片しかうかばず、それさえも消えていってしまうときのようだ。

それでも、ジャックのことや、ジャックといっしょにすごした日々のことを、なにがなんでもしっかりと頭に刻みつづけたい。

眠っている場合じゃない。ジャックに話しかけないと――。「ねえ、ジャック、ミニチュアルームに初めてもぐりこんだときの話をしてよ」

ジャックはいわれたとおり、出会った人たちのことや、カタログで階段を作ってのぼったこと、ダクトテープのクライミングルートについて語った。学校や誕生日パーティーのこと、キャロライン・ベルとのことや、美術品どろぼうのドーラ・ポメロイをつかまえたことも語った。その日の午前中にイザベル・サン・ピエールを見つけだし、イザベルの長年の秘密を知ったことにも触《ふ》れた。「フィービーとケンドラのことも、忘れちゃいけないよな」と、ルーシーといっしょに発見した事実をひとつひとつあげていく。

ルーシーは、ジャックの話がほとんど頭に入らなかった。なにもかもが、別の人生を生きる同姓同名の女の子の身に起きたことのようだ。ジャックがたったいま、ふたりで見つけた秘薬本の話をしたけれど、その秘薬本でケンドラ一家を助けるといったような、以前はとても重要に思えた事はどうなるのだろう？　ルーシーの新たな人生では、そんなジレンマは最初から存在しないのだ！

ルーシーとジャックは、一晩中、小声でしゃべりつづけた。ルーシーにとってその晩は、いままでで一番長い夜となった。ルーシーは時間の存在を――複雑で、まぎらわしい新たな時間の存在を――ますます意識するようになった。今回のできごとの前は、時間はつねに一定で予想のつく、よどみない流れだった。ところが今回、この奇妙《きみょう》な抜け穴にはまってからの時間は、早く流れたり、ところどころでうずをまいたり、はばまれて動きを止めたりする。

夜が明けてから美術館へ出かけるまで、時間は凍《こお》った冬の川のように動きを止めていた。

「家に帰る時間になったら、電話してちょうだい。ママかパパが迎《むか》えに行くから。いいわね？」

ルーシーの母親は、ミレニアムパークの入り口のひとつ――銀色に輝《かがや》く巨大《きょだい》な野外音楽堂に近い入り口だ――で、ルーシーにそうつげた。数メートル先の草地から、ケイティ・ホブソンと三人の少女たちがルーシーに手をふっている。

「うん、ママ、わかった」

「本当に、具合が悪いわけじゃないのね？」

ルーシーは、正直に答えた。「きのうの夜、あまり眠れなくて。でも、だいじょうぶ」

〝新たな親友グループ〟に、最初はなじめなかった。だが、全員パジャマ姿で夜明かしした
パジャマ・パーティーのことや、いっしょに宿題をしたこと、映画や買い物に行ったことなど、
新鮮《しんせん》な記憶《きおく》がつぎつぎと頭の中に流れてきて、違和感を押《お》しながした。ルーシーは、この子たちとの〝新たな記憶〟が気に入った。あたたかくて、気持ちよくて、楽しい記憶だ！

〝新たな記憶〟はますます鮮明に、どんどんはっきりしてきた。かたやジャックの姿はますます色あせ、りんかくがぼやけてくる。〝新たな人生〟があざやかになればなるほど、ジャックはぼうっとうすれていく――。

ルーシーは、必死に抵抗した。けれど〝新たな人生〟には、あらがいがたい魅力《みりょく》がある。幽《ゆう》霊《れい》状態のジャックが肩《かた》が触《ふ》れあうくらい近くに立っていなければ、ジャックのことなどけろっと忘《わす》れてしまっただろう。まぶしい日ざしは、ジャックを通りぬけているかのようだ。ジャックの姿は見えるが、歩道のどこにもジャックの影はない。いま、この瞬間《しゅんかん》にも、ジャックが完全に消えてしまうのではないかと、ルーシーは不安だった。

十時二十五分に、ジャックが口をひらいた。「ルーシー、あと五分で美術館があくぞ。行かないと」

ジャックの声は弱々しく、遠かった。まるで、長いトンネルの向こう側から聞こえてくるようだ。

ルーシーは、ここを離れたくないと断ろうとした。だがそのとき、ジャックがとじていた手をひらき、ルーシーの目の前に輝《かがや》く銀貨をつきつけた。「ほら、ルーシー。行くぞ！」

ルーシーはケイティたちに「具合が悪い」といいわけして別れ、通りをつっきり、シカゴ美術館へと向かった。

美術館正面のブロンズ製のライオン像にたどりついたときには、ジャックはほとんど見えなくなっていた。

ルーシーは階段をのぼり、ロビーに入った。

ジャックの姿は、完全に消えていた。

ルーシーは、途方《とほう》にくれた。あたし、こんなところで、ひとりでなにをしてるんだろう？ なぜケイティたちに具合が悪いなんていったの？ なぜ、みんなと別れたの？

そのとき、目の隅《すみ》でなにかのきらめきをとらえた。えっ？ いまのは、なに？

ああ、そうだった。地下のソーン・ミニチュアルームに行かなくちゃ。そこへ、さがしにいくんだった。ええっと……だれかを。

例の鍵《かぎ》はポケットの中ね——。大階段をおりていった。ミニチュアルームへのいつものルートは、ちゃんとわかっている。11番ギャラリーの六メートルほど右にあるドアの下をくぐって(ミニチュアルームから距離があるので、体は瞬時《しゅんじ》にはちぢまない)、警備員のロッカールームを通過し、さらに別のドアの下をくぐって、ミニチュアルームの保守点検用の廊下《ろうか》に出るのだ。このルートでミニチュアルームにしのびこむのは初めてのような、妙《みょう》な錯覚《さっかく》をおぼえた。でも、そんなはずはない。このルートしか通ったことはないはずだ。

ポケットの中の鍵へと手をのばし、ほのかな熱をおびた鍵をにぎりしめた。と同時に、あいたほうの手をなにかにつかまれたような——。

魔法《まほう》が周囲でうずをまき、体が約十三センチのミニサイズにちぢむとともに、さまざまな感覚が一気に押《お》しよせてきた。前にも感じたことがあるとはいいきれないが、なんとなくおぼえがあるような——。その感覚がはっきりしてくるにつれて、となりにジャックがあらわれた。ホログラムのようにぼうっとしているが、姿はまちがいなく見える。

「ジャック!」ルーシーは、悲鳴をあげそうになった。

「ルーシー、早く！　ドアの下をくぐれ！」

20

無礼な小娘

「うわっ！」ジャックは、ソーン・ミニチュアルームへの新ルートに心底驚《おどろ》いていた。「こんなルートが、あったとは！」

ルーシーは、過去の異なる〝ふたつの自分〟をそれぞれ意識するのに四苦八苦していた。物が二重にだぶって見えるような気分だ。頭の中がふたつにわかれていると思うことにし、ジャックにおずおずと話しかけた。

「うん、そうなの。ここは、ロッカールーム。人がいることは、ほとんどないわ。あのドアの向こうは――」と、数メートル先のドアを指さす。「案内所。さらにもうひとつドアをくぐったら、ヨーロッパコーナーの裏《うら》の廊下《ろうか》に出られるの」

「アメリカコーナーの廊下には、どうやって出るんだ？　わかるか？」

「うん。床《ゆか》に通風孔《こう》があってね。そこをもぐって、行けるよ」

「スゲー！　よし、急ごう。おれの体がいつまでもつか、わからない」

ルーシーは先頭に立ってふたつのドアをくぐり、廊下をつきすすんで、床の通風孔まで来た。結び目のある一本のひもを、通風孔の格子《こうし》にしばりつけた記憶《きおく》がある。そのひもは、三十センチほど下まで垂《た》れていた（ミニサイズのふたりにとっては三メートル六十センチの距離で、ひもはロープのように太い）。ジャックは六十センチほどおりてようやくコツをおぼえたが、ルーシーは最初から慣れていた。

通風孔の底までおりたふたりを、暗くて長い道が待っていた。ヨーロッパコーナーの通風孔を通過するときとよく似ている。ただし、今回走るのは天井裏《てんじょう》ではなく、11番ギャラリーの床の下だ。ここもぞっとするほど暗いし、ジャックの姿はまったく見えないが、ふたりは手をつなぎ、走ってつっきった。

通風孔のつきあたりに来たら、格子の四角いすきまから、ミニチュアルームのジオラマの光がぼうっと差しこんだ。ここでも結び目のあるひもが、頭上の格子にしっかりとしばりつけてあった。

「準備がいいなあ、ルーシーは」と、ジャック。

ほどなくふたりとも、アメリカコーナーのA12〈ケープコッドの居間〉のそばにたどりついた。

「ルーシー、下枠《したわく》には、どうやってのぼるんだ？」

「あたしが、元のサイズにもどらないと。結び目のある長いひもをもう一本、あそこにかくしてるの」と、ルーシーは隅《すみ》に置かれた一個のひもの玉を指さした。「ジャックは、ここにいて」

ルーシーは元のサイズにもどり、ひもの玉を取ってくると、クリップで作ったフックで下枠に玉を吊《つ》るし、床《ゆか》に落としてひもをほどいた。そしてミニサイズにもどり、ジャックといっしょにひもをよじのぼった。警戒《けいかい》しながらA12〈ケープコッドの居間〉に入り、クロゼットに飛びこんで、十八世紀の服装に着替《きか》える。

「おれはこんな状態だから、わざわざ着替えなくてもいいんじゃないか」

「そんなこと、考えないの！　着替えなくちゃいけないに決まってるでしょ」ルーシーはジーンズとTシャツの上に黄色いドレスをかぶりながら、強い口調でいった。けれど実際は、思っている以上に不安でたまらなかった。

ようやくフェンスで囲まれた庭に出たとき、ジャックがいった。「外の世界に出たら、おれ、どうなるのかな？」

「知りたければ、やるっきゃないわ。行くよ！」と、ルーシーはいきおいよく門をあけた。

日ざしが強く、ジャックの姿が見えにくくなった。まるで、透明《とうめい》なガラスに透明な液体を入れたときのようだ。門を通過した瞬間《しゅんかん》またしても、ジャックの姿は完全に消えた。

「ジャック！」ルーシーは目の前の虚空《こくう》に手をのばして、声をあげた。ジャックがいるとわかる目印は？　銀貨だけでも光っていない？　手のひらを上にして手をのばし、見えなくなったジャックと手をつなごうとしたが、なにも感じない。

いったい、なにが起きているの？

たとえ姿が見えなくなっても、銀貨にはジャックをちゃんと生かしておく魔法《まほう》がきっとある。そうであってほしい。

しかし銀貨の魔法がなんであれ、その力が永遠につづくかどうかはわからない。ひょっとしてミニサイズになってミニチュアルームの裏《うら》の廊下《ろうか》に入りこみ、結び目のあるひもをのぼってここにたどりつくまでの時間に、銀貨にこめられた最後の魔法を使いきってしまったとか？もう手おくれ？　さっきのジャックの姿が見おさめだった？

ううん、あきらめちゃ、ダメ！　ルーシーはスカートにつまずかないよう、邪魔《じゃま》な裾《すそ》を持ちあげ、メイン通りを全速力でかけぬけた。

息を切らしながら、桟橋《さんばし》にたどりついた。今日は、〈クレメンタイン号〉に乗船するための歩み板がおりていない。

ルーシーは、声をはりあげた。「ノーフリートさん！　いらっしゃいませんか？」

返答はない。静かだ。船べりに打ちよせるおだやかな波音しかしない。風はなく、帆《ほ》がだらんと垂《た》れている。船は眠っているかのようだ。

ルーシーは、二度、三度と声をはりあげた。

と、ようやくジャック・ノーフリートが手すりごしに姿を見せ、ルーシーを見おろした。

ルーシーは、大声で呼びかけた。「ノーフリートさん、お話があるんです！」

「親父さんはいそがしくて、直接来られないのか？」

「今日は、別の話です！」

桟橋《さんばし》からでも、ジャック・ノーフリートが黒い眉毛《まゆげ》をつりあげるのが見えた。「脇《わき》にどけ」

歩み板がかけられ、ルーシーはいそいでのぼった。今回もジャック・ノーフリートが手をかしてくれ、ルーシーは甲板《かんぱん》へジャンプして飛びのった。

「タッカーの坊主《ぼうず》は？　どこだ？」

ルーシーは、答えを用意していなかった。ジャックといっしょに会うつもりだったし、こういう時にうまく答えるのは、いつもジャックの役目だったのだ。それでも、ジャックのことをたずねてもらえたのは、よろこばしい。ジャックと出会ったという歴史は、まだ残っている！

その歴史は消えていない――いまは、まだ。

「今日は、ひとりで来ました。あたし、きのうのあなたの言葉が、どうしても引っかかっていて」

ジャック・ノーフリートは、無表情のまま、聞いていた。

「あたし、おたずねしましたよね。家族はいるのかって。そうしたら、家族を持つつもりはないって、おっしゃいましたよね。これ以上、家族を失うのはごめんだって」ルーシーの声は、うわずっていた。

「ああ」ジャック・ノーフリートは、わずかに体をそらした。「それが、なんだ？」

ルーシーは、のどが苦しくなった。自分のあまりにも無謀《むぼう》なふるまいに、消えてしまいたくなる。「あの……あなたは、勇敢《ゆうかん》な人だと思うんです。そのあなたが人生におびえるなんて、おかしいです」

「無礼な小娘《こむすめ》だな！」

「ひとりきりでいるなんて、あんまりです。勇気を出して、家族を持つべきです！」ヒステリックな声になるのが、自分でもわかった。落ちつけ！　こんな風にいっても納得してもらえない！　それでも気持ちをおさえきれず、涙《なみだ》があふれだしてきた。「持たなくちゃ、いけないんです！」

「人生や大切なものを失うつらさについて、おまえになにがわかる？」

「あなたが思うよりは知ってます」必死に涙《なみだ》をこらえた。

「ミス・スチュワート、おまえさんには、まいったな！」

ルーシーはジャック・ノーフリートの目を見つめ、その目に親友ジャックを思わせる表情がうかんでいることに気づいた。きのう見たジャックの表情と似ている。かすかに似ているていどだが、ジャックのことを強く意識し、心をふるいたたせてさらにいった。「美しい船を何隻《せき》も作ってるんですよね。で、この船には、お母さんの名前をつけた……。自分の作った船に家族の名前をつけられるよう、もっと家族がほしいとは思わないんですか？　自分が教えみちびける子どもがほしくないんですか？　お母さんもそう願っているとは考えないんですか？」

ジャック・ノーフリートのがっしりとした肩《かた》が、一瞬《いっしゅん》、丸まった。「孤独《こどく》に、すっかり慣れちまった」と、ため息をつく。「おまえさんのいうことにも一理ある。だが、こんなおれをありのまま受けいれて、女房になってくれる女なんて、いやしないさ」

「あたしにいえるのは、ひとりきりでいるより、家族を持ったほうがいいということだけです」

ジャック・ノーフリートは、ルーシーから目をそむけた。「仕事をしないと」

ルーシーはこれ以上かける言葉が見つからず、歩み板へともどり、桟橋《さんばし》へおりていった。

ジャック・ノーフリートが手すりによりかかり、両手を腰《こし》にあてて、声をあげた。「ごきげんよう、ミス・スチュワート」

ルーシーは、メイン通りをとぼとぼと引きかえした。ジャック・ノーフリートに真実をつげられないのが、もどかしくてたまらない。頭のいかれた少女だと思われなかったか、不安になる。ジャック・ノーフリートには、あたしのように他人も同然の少女のアドバイスを聞きいれる理由がない――。歩きながら、無意識のうちに、スカートをきつくにぎりしめていた。

そのとき、声がした。「まあ、またお会いしたわね！」

ルーシーが顔をあげたら、ミス・ウィルシャーが向かってくるところだった。「あっ、こんにちは」

「今日は良い天気ね」

ルーシーは、泣きそうな顔でうなずいた。今日という日についてわかるのは、最後に見たとき、ジャックに陽光がさんさんとふりそそいでいた――というより、通過していた――という事実だけだ。とても立ち話をする気にはなれない。

「今日は、幸運の女神がほほえんでくれたのね。きのう、あなたのお友だちのナイフを通りで見つけたの。それをおわたしできたらいいなと思っていたら、ほら、こうして、ばったり！」

と、ミス・ウィルシャーはウエストバンドに吊《つ》りさげていた袋から、例の美しいクジラの歯の柄《え》のナイフを取りだした。「これを、お友だちにわたしてくださらない？」

ナイフを見たら、ジャックのことを思いだすだけだ。ルーシーは首をふり、「むりです」と声をしぼりだした。「ノーフリートさんに返してください。ごめんなさい。あたし、行かないと」

「あら、本当に、それでいいの？」と、ミス・ウィルシャーが首をかたむける。

ルーシーは、うなずくのがやっとだった。口をひらいたら、わっと泣きだしてしまいそうだ。

「そう。わかったわ。じゃあ、ごきげんよう」と、ミス・ウィルシャーは去っていった。

ルーシーは、門のところまでもどってきた。失礼な態度だったのは、わかっていた。けれど、それがなんだというのだ？　どっちみち、ここは過去の世界。この時代、この場所には、二度ともどってこない。歴史を変えるチャンスを、のがしてしまった。できるかぎりのことはした。たとえ失敗に終わったとしても、変える努力をしたことはまちがいない。

ルーシーは、その場に立ちつくした。むなしかった。A12〈ケープコッドの居間〉へ、美術館へ、現代の生活へと、もどりたくない。どんな世界が待っているのだろう？　ジャックのいる世界？　それとも、ジャックのいない世界？

21

移しかえ

門のかんぬきをはずした。ジャックの気配はしない。

ジャックらしきものが見えないか、感じられないものかと、足を一歩踏《ふ》みだすたびに祈《いの》り、神経をはりつめ、ゆっくりと庭の道を通ってポーチのドアへと向かった。

だが、なんの変化もない。

ドレスのスカートの上からジーンズのポケットに手をあて、魔法《まほう》の鍵《かぎ》が熱をおびていないかどうか、たしかめた。熱は感じない。

なにかが変わった、という目印がほしかった。以前の歴史が復活した、とわかる手応えがほしい。クロゼットへと向かいつつ、ちょっとしたふるえやささやき、かすかな光に、油断なく気をくばった。

なにも感じなかった。

かさばるドレスをぬぎながら、沈黙《ちんもく》がのしかかってくる気がした。これからなにが起きるにせよ、さっさと起きてほしい。このままどっちつかずの地獄《じごく》がつづくのは、たまらない。もしジャックが存在しなくなるのなら、ジャックの記憶《きおく》はきれいさっぱり消えてしまうほうがつらくないし、そのほうがましだ。この部屋には、二度ともどらないつもりだった。ジャックのお母さんの海への気持ちが、いまはよくわかる。ジャックからお母さんのことを聞いたときの記憶が、いまごろあざやかによみがえってくるなんて、ヘンな話だけれど。

クロゼットを出たそのとき、変化が生じた。記憶のバランスがわずかに変化したのを、意識がとらえたのだ。まるでジャックの記憶と、ジャックのいない世界の記憶とが、つりあいがとれたかのように。

きっと、まだタイムトラベルの出入り口となるミニチュアルームにいるからよね。過去とも現在ともいえない場所にいるからよね——。

そのとき、ルーシーはまたしても、夢を思いだすときと似た感覚をおぼえた。夢の記憶がどんどん抜けおちていく。あの感覚だ。だが、いまは——えっ、まさか、ホント?——ケイティ・ホブソンたちが親友という記憶が、うすれていく。ケイティたちの誕生日の記憶が消えていく。そして、ジャック宅のロフトが、あざやかによみがえってくる!

庭に出るドアの向こうに閃光《せんこう》が見えた。その光を追って庭に飛びだし、門のそばへとかけよった。目の前のなにもない空間に、おぼろげなりんかくがうかびあがった。そのりんかくが少しずつはっきりし、形をなしていく——。

やがて、本人があらわれた。まだ青白いが、まちがいなくそこにいた。その手の中で、銀貨がきらめいている。

「ジャック！」ルーシーは、ジャックに抱《だ》きついた。ほっとして、心臓《しんぞう》から足の先まであたたかくなる。興奮《こうふん》のあまり、バランスをくずしてよろめきそうになった。悪夢から目ざめ、夢だったとわかったような気分だ。ただし、はるかに、だんぜん、気分がいい！

「よくやった！」ジャックが叫《さけ》んだ。

「あ……あたし……失敗したかと……思ってた」ルーシーは、やっとのことで声をしぼりだした。

「失敗なんかしてないって！」ジャックは自分の胴体《どうたい》を軽くたたき、目がさめたばかりのように、大きくのびをした。「ほら、こうして、ここにいるぞ！」

ルーシーが一歩さがり、ジャックを見る。

ジャックは、いつもの笑みをうかべた。「ありがとうな、ルーシー！」

「ねえ、ほんとに、だいじょうぶなの？」ルーシーは、ジャックの額《ひたい》に手をのばした。「うわっ！

もう、冷たくない！　いまの気分は？」

「気絶してたみたいだ。なにかのとちゅうで寝《ね》ちゃったみたいな。でも、いまはサイコーの気分だ」

夏の嵐のあとに流れこむ澄《す》んだ新鮮《しんせん》な空気のように、ルーシーの頭の中にジャックの記憶《きおく》がなだれこみ、ジャックのいない世界の記憶をしめだした。ふたりでミニチュアルームをつっきっている最中に銀貨がいままでになく強い光を放ったが、ジャックがもどってきたことがうれしくてたまらず、ふたりとも気にもとめなかった。

美術館を出たふたりは町の光景と喧噪《けんそう》につつまれ、うきうきした。モンロー通りをわたり、ミレニアムパークへと向かった。コンサートは見あたらず、ケイティたちの姿もない。銀色の野外音楽堂に、陽光が四方八方に反射している。ジャックの影がはっきりしているのを見て、ルーシーは胸をなでおろした。

「あーあ、腹へった！」と、ジャックがミシガン通りの向こうを指さした。「なにか買いに行こうぜ！」

ラウド・ゲートのそばにある、大きなだ円形の像——通称《つうしょう》ジャイアント・ビーン——と噴水《ふんすい》を通りすぎ、通りへと階段をおりた。

ミシガン通りをわたっていたら、ベビーカーを押《お》していた女性が、あやまってジャックにぶつかった。「あっ、ごめんなさい」

「いえいえ、ぜんぜん、かまいません！」ジャックは、きのうなら考えられないほど楽しげに言葉をかえした。

デリカテッセンで、ジャックはハムをはさんだライ麦パンを、ルーシーはチキンサラダサンドイッチを注文した。いつものジャックがいてくれるから、サイコーにおいしい！

すでにいろいろな記憶がもどり、意識の中にしっかりと根づいていた。それどころか、きのう、父親が電話をかけてくる直前にどうしてもやりたいと思っていたことや、この二十四時間内の現実ばなれしたできごとも、思いだしていた。フィービーのタグが、いまだにサウスカロライナの部屋で光る理由をつきとめなくちゃ！　イザベルがかくしたユージニアの遺言状《ゆいごんじょう》と手紙を、さがしに行かないと！

ルーシーは最後の一口をほおばりながら、ジャックにいった。「ねえ、まだ午後の一時だよ。フィービーの部屋にもどれるよね」

ジャックも、最後の一切れを口の中に放りこんだ。「うん、そうしよう。でも、ケープコッドの部屋には近づかないようにしようぜ。な？」

いつもなら、銀貨が光るというだけで、ジャックは興味しんしんのはずだ。けれどルーシーは、ジャックの目にうかんだおびえに気づいていた。おびえているのは、ルーシーも同じだった。「うん、もちろん！」


ミニチュアルームのアメリカコーナーの廊下《ろうか》についたとたん、ジャックは端《はし》に走っていき、床《ゆか》をじろじろと見た。

「ちょっと、ジャック、なにをさがしてるの？」

「通風孔《こう》のロープがなくなったかどうか、たしかめてるんだ」

「ロープって？」ルーシーは、わけがわからなかった。

「ほら、ここに通風孔があるだろ？　前回はここを通って、この廊下まで来たんだ。ルーシーの別バージョンの生活では、そうしたんだ。この通風孔に結び目のあるひもが垂《た》らしてあって、それを使ってのぼった」

「えっ、ホント？」

「うん。この通風孔から床下にもぐって、案内所まで行けるんだ」と、ジャックは前回ふたりで通ったルートを説明した。「ぜんぜん、おぼえていないのか？」

「うん、ぜーんぜん！　この二十四時間の記憶《きおく》は、すごくむらがあって。パパが電話してきて、家族で食事したのは、なんとなくおぼえてるけど……。そのあとは、過去の世界で〈クレメンタイン号〉に乗って、ジャック・ノーフリートさんと話をした記憶しかないの」と、ルーシーは首をかすかにふった。「なんかぶきみ。ジャックにだけ、記憶があるなんて」

「だよな。前回は、ルーシーが作った結び目のあるひもを使ったんだ。そのひもが、もうここにはないってことをたしかめたくて。だってさ……」ジャックは、最後までいわなかった。

「そのバージョンの歴史が完全に消えたことを、たしかめたかったのね」と、かわりにいったルーシーの言葉に、ジャックはうなずいた。「まちがいなく、完全に消えてるわよ。でなければ、あたしもあるていど記憶があるはずだもの」

「なにがあったたか、本当に思いだせないのか？」

「うん、ぜんぜん。まちがいないわ」

ふたりとも廊下の真ん中へ、サウスカロライナの部屋がある場所へともどった。ルーシーは、ななめがけのバックの中に、ようじのはしごを入れて持ってきていた。前回使ったあと、丸めてしまったままだったのだ。ルーシーは鍵《かぎ》を手放していったん大きくなり、はしごをミニチュアルームの下枠《したわく》に取りつけた。

そのあと、鍵《かぎ》をつかってまた小さくなり、ふたりで下枠まではしごをのぼった。A29〈サウスカロライナの舞踏室《ぶとうしつ》〉こと〈フィービーの部屋〉のドアのすぐ外で、ジャックはふたたびフィービーのタグのようすをたしかめた。タグは、いまも点滅していた。「この部屋に、きっとなにかあるんだな！」

耳をすましてチャンスをうかがい、部屋に入りこんだ。前回と同じように部屋の中を歩きまわり、そのあいだずっとタグを観察しつづけた。

タグが一番熱をおびたのは、まちがいなく、飾《かざ》り戸棚《とだな》の前でだった。

「でもね、フィービーの秘薬本がしまってあったときほどは、熱をおびていない気がする。あのときは、熱くて持てなかったもん」というルーシーの言葉に、ジャックがひきだしをあけ、飾り戸棚の鍵を取りだした。「ジャック、ひきだしをぐっと引いてみて。奥になにかあるかもしれないから」

「前にも、たしかめただろ」といいつつ、ジャックはひきだしを引いた。

ひきだしの中には、まちがいなく、なにもなかった。

「ほら、な？」ジャックがもう一度ひきだしをあけ、つまさきで立って、奥まで手を入れた。「なにもないぞ」

そのとき、ギャラリーの観客が近づいてきた。

「かくれて！」ルーシーは小声でいい、ジャックをポーチへと引っぱっていった。「いったい、

「どうなってるの？」ルーシーは、いらついていた。「イザベルさんは、あそこにかくしたっていってたのに」

「たしか、書類はふたつとも一冊の本にはさんだっていってたよな？」

「うん。でも、この部屋に本なんて一冊もないわよ」

「あっ、あれは、なんだ？」ジャックが、ポーチの窓へと顔を近づけた。

部屋の奥に、ピアノが一台ある。

ルーシーは窓からのぞきこんだが、ジャックがなにに気づいたのか、わからなかった。ピアノには、とじられていない譜面《ふめん》が数枚、置いてあった。「あれのこと？　あれは本じゃないわよ」

ギャラリーの観客がいなくなるのを待って、ふたりはまっすぐピアノへと向かった。楽譜は全部で十枚。ジャックがぱらぱらとめくったが、楽譜以外の書類はなかった。

「この部屋にはないな」ジャックが、楽譜をもどしながらいった。「出よう」

下枠に出てから、ジャックはふたたび、フィービーのタグをにぎった手をひらいた。「まだ、

熱いぞ」

「んもう、わけがわからない」ルーシーは、ゆっくりと歩きはじめた。「イザベルさんは一冊の本にはさんだっていったけど、あの部屋に本はない。じゃあ、いったいどこよ？」

ジャックも、ルーシーを追いかけて歩きだした。「ひょっとしてその本は、なんらかの理由で、あとで部屋から持ちだされたとか？」

「ミニチュアルームに入ったのは、あたしたちだけじゃないのよね。もしかしたら、盗《ぬす》まれたのかも」

ふたりとも、となりの部屋の裏《うら》側にさしかかった。

「うわっ！」ジャックが急に立ちどまり、タグをにぎったこぶしをひらいた。「熱くなってきた。メチャクチャ、熱い！」

フィービーのタグは、炎のように赤くなっていた。ジャックはそれをぽんぽんと軽く投げ、左右の手でかわるがわる持っている。

ふたりが立っているのは、A28〈サウスカロライナの応接間〉のすぐそばだ。

「この部屋は、なに？」と、ジャック。

「ここも、サウスカロライナの部屋よ。行ってみよう！」ルーシーは入り口を見つけようと、木製の枠《わく》の中にかけこんだ。

奥の小部屋のあけはなたれたドアから、メインルームをのぞきこんだ。美しい白い部屋だ。フォーマルだが、となりのA29の舞踏室《ぶとうしつ》にくらべると、ふつうのリビングルームに近い。

「ねえ、イザベルさんがいってなかった？　同じ時代のミニチュアなら、移しかえたりしたって？」ルーシーは細部にすばやく目を走らせながら、ささやいた。「この部屋は、A29と同じ時代よ！」

暖炉《だんろ》のそばに数脚《すうきゃく》のイス。美しい青色のカーテンがかかった出窓のそばに、丸いテーブルが一脚。ルーシーとジャックの真正面には、背の高い戸棚《とだな》が一台。その向こうには、大型のりっぱな振《ふ》り子時計が一台。そしてなによりも、この部屋には本があった！　しかも何冊も！

ギャラリーの観客に気を配るのも忘《わす》れ、ふたりとも部屋の中にかけこんだ。ジャックは熱いタグをなんとか持っていようと奮闘中《ふんとうちゅう》で、こぶしから電光のような光が点滅してもれている。

ふたりは部屋をつっきり、十数冊の全集のような本がおさめられた書棚へと向かった。本を引きぬき、もうれつな勢いでページをめくる。だが、なにも見つからなかった。

つづいて丸いテーブルへと移動し、三冊の本をめくった。またしても、なにも見つからない。

最後に、ギャラリーに近い側にある小さなテーブルに立ちよった。天板が持ちあがるワゴンのような台の上に、本が一冊置いてある。

と――タグがピカッと光った！

ジャックはその本をつかんで、ルーシーとともに部屋の外に走りでた。と同時に、正面の窓にふたりの大きな顔が映った。

「ぜったい、これだ！」ジャックが、きっぱりという。

ふたりとも、ギャラリーから見えない小部屋の床《ゆか》に座《すわ》りこんだ。ジャックはルーシーにタグをわたし、表紙をめくった。すると、ページがひとりでにめくれ、二通の封筒《ふうとう》がはさまれた箇《か》所《しょ》がひらかれた。おそらくイザベルがはさんだのだろう。一通は、通常の封筒よりもわずかに大きい。

その封筒の中身を、ジャックがそうっと床に出した。タイプ文字のならぶ一枚の紙だ。ジャックがひろいあげ、声をあげて読みはじめた――〈わたくし、ユージニア・フィービー・チャールズは、心身ともに健康であり……〉

22

ぼろぼろのタグ

「遺言書《ゆいごんしょ》よ！」ルーシーは、興奮《こうふん》をおさえきれなかった。「つづけて！」

〈……本遺言書により、全財産を息子ベンジャミン・チャールズに遺贈《いぞう》する。全財産とは当方名義の所有物すべてをさす。すなわち建物、家財道具、個人資産および企業資産……〉

さらにもう一段落、ルーシーもジャックも聞いたことのない遺族や単語が、無味乾燥《かんそう》な法律用語でつづられていた。それでも一点だけ、確実にわかったことがある。例の秘薬本について、書かれていたのだ。

〈薬の製法、処方および調合量については、息子ベンジャミン・チャールズとその子孫に遺贈する。〉

遺言書の日付は、一九二四年二月。裁判の十年以上も前だ。ユージニア本人の署名にくわえ、ふたりの知らない名前が署名してあり、そのそばに証印らしきものが浮き彫《ぼ》りに刻印されていた。

「ジャック！　これよ、これ！」ルーシーは、信じられなかった。「もう一通も、あけてみて。早く！」

ジャックが、小さいほうの封筒《ふうとう》をあけた。中には年月をへて茶色に変色した手書きの紙が三枚、封筒にあわせて三つ折りにたたまれていた。

「フィービーの字っぽいぞ」

「見せて」

ルーシーは、手紙に手をのばした。その手が一枚目に触《ふ》れた瞬間《しゅんかん》、タグが強い光を放ち、風にのって飛びちった小さな宝石のようにきらきらと四方八方を照らし、前にも聞いたあの魔法《まほう》特有の音がまわりじゅうに響《ひび》いた。チリンチリンというかすかな音がどんどん大きくなり、やがて、ある声がはっきりと聞こえてくる。

「あっ、またよ！　ジャックにも声が聞こえてる？」

ジャックは強く首をふったが、ルーシーのいう意味は通じていた。

ルーシーは、すでにその声を聞いていた。数百年の時をへて、自分の書いた手紙を読みあげるフィービーの声を――。

ルーシーは声に耳をかたむけ、ジャックはだまって手紙を読んだ。

これから、あたしの生いたちをお話しします。あたしはフィービー・モンロー。三十六歳《さい》。といっても、その倍は生きてきた気がします。あたしは、さびしい身の上です。あたしに残されているのは、愛する家族の思い出と、これまでの経験があたしの魂《たましい》にうえつけた知識と知恵。そして、ひとり生きのこった大切な息子ユージーン・モンローだけです。

フィービーの声は老けていたが、歌うような調子で美しかった。ふたりが出会った十歳のころと同じように訛《なま》りが強い。

自分はスミス家で働いたあと、主の息子マーティン・ギリスに仕えるため、家族と別れてひとりで別の町に移ったのだ、とフィービーは語った。マーティン・ギリスの名前は、ルーシーもジャックも前にフィービー本人から聞いていた。マーティンは、フィービーの所有者だ。

フィービーの両親は、自由をもとめて脱走《だっそう》しようとして命を落としたことを、ルーシーとジャックは初めて知った。いっぽうフィービーは自分のハーブの知識が役に立つことを発見し、薬がわりになるハーブエキスの製法や処方を書きしるし、その処方を売ることで少しずつ金をかせいだ。そしてその金で自由を買い、ある晩、奴隷《どれい》制度廃止《はいし》論者のクエーカー教徒たちの助けのもと、北部へと逃《に》げた。そのクエーカー教徒たちのことを、フィービーは手紙の中で〝わたしの天使たち〟と呼んでいた。その後、フィービーは結婚《けっこん》したが、病気で赤んぼうの娘《むすめ》と夫を失った。

その手紙は、こうしめくくってあった。

いま、あたしは、自由な州に住んでいます。けれど、あたしの国は恐《おそ》ろしい戦争をしています。アメリカ人どうしが、戦っているのです。この先、いつまで自由でいられるかは、わかりません。息子がこのまま自由でいられることを祈《いの》るのみです。この手紙を書いたのは、あたしが苦労して自由を勝ちとったことを、息子につたえたかったからです。

一八六四年シカゴにて　フィービー・モンロー

声がやみ、チリンチリンという音も消え、しんと静まりかえった。タグは一休みしているかのように、ルーシーの手の中で鈍《にぶ》い光を放っている。

「まるでフィービーがここにいて、読みあげているみたいだった」ルーシーは、信じられない思いで首をふった。

「内容からすると、フィービーはこれを南北戦争中に書いたんだな」ジャックが、考えこむようにしていう。

「ケンドラは、フィービーがどうやって自由になったか、知らなかった。フィービーは、自由をお金で買ったのね。逃亡《とうぼう》先にシカゴを選んだのは、子どもだったフィービーに、あたしたちがシカゴの話をしたからかな？」そんな想像をめぐらせて、ルーシーはうれしくなった。誇《ほこ》らしい気分にもなる。

「だとしたら、スゲー！」

「でもね、なんか、しっくりしないのよ」と、ルーシーは正直にいった。

頭の中は、だれかに家具をぎゅうぎゅうにつめこまれた部屋のようになっていた。つながりのあるできごとが山ほどあるのに、重要なかけらがいくつか欠けている気がしてならない。

「順番に名前をたどってみようぜ」と、ジャック。「まず、フィービー・モンローだろ。フィービーの息子はユージーンで、ソーン夫人の運転手。で、この遺言書《ゆいごんしょ》を書いたのが、ギャングに薬の処方を盗《ぬす》まれた、ユージーンの娘でフィービーの孫のユージニア・フィービー・チャールズ」

「ケンドラの曾《そう》祖母にあたる人よね」少しのあいだ、手紙を見つめていたルーシーは、ふと、手の中のタグの温度に気がついた。「あっ！」小さなタグは完全に輝《かがや》きを失い、すっかり冷えてくすんでいた。「魔法《まほう》が消えちゃった」

「ミニチュアルームの外に出て、ようすを見よう」

ふたりで手紙と遺言書《ゆいごんしょ》をそれぞれ封筒《ふうとう》にもどし、ルーシーはそれをななめがけバッグの中にそうっとしまった。ジャックが本を部屋にもどす。ふたりそろって下枠《したわく》へと出て、クリスティナの鍵《かぎ》を廊下《ろうか》に落としてジャンプして、元のサイズにもどって床《ゆか》に着地した。

そして、ぼろぼろのタグをじっと見つめ、しばらく待った。

やがてルーシーは首をふった。「なにも起きない。役目を果たしたのね」

「もう、マジでびっくりだ！」

ルーシーがタグをななめがけバッグの中に入れ、ふたりとも廊下からギャラリーへと出た。

美術館前のバス停留所で、ジャックがほほえんだ。「すべての書類をケンドラにわたす日が、待ち遠しいよ！　あとはなんといってわたすか、考えるだけだな」

ルーシーもほほえみ返した。「ふふっ、いいこと、思いついちゃった」

23

来歴と詩

月曜日の午後――。「なんか、夢みたいじゃない？」ルーシーは、ジャックにそう話しかけた。ふたりともオークトン校の正面玄関《げんかん》の近くで、イザベル・サン・ピエールが運転手つきの車で迎《むか》えにくるのを待っているところだ。

「いや、べつに。おれには、夢よりはるかにはっきりしてるぞ」と、ジャック。

ルーシーの記憶《きおく》の中では、ついきのうのできごとが、まだばらばらでつながっていなかった。きのうについて話をするのも、むずかしい。きのうはとくになにもなかったといわれても、納得してしまいそうだ。もしジャックがはっきりと理解していなければ、すべて夢だと思ってしまったかもしれない。

でも、そんなことはどうでもよかった。これから、重要な仕事をこなさなければならない。

クラスメートの中でもルーシーとジャックは、放課後、運転手つきの車に迎えにきてもらう

など、もっとも考えにくいメンバーだ。午後三時十五分、迎《むか》えの車が到着した。運転手が車をおり、ルーシーとジャックのために後部座席《ざせき》のドアをあける。

後部座席には、上品な赤いスーツ姿のイザベルが、目を輝《かがや》かせながら座《すわ》っていた。「こんにちは！　今日は楽しくすごせたかしら」というイザベルのあいさつに、ジャックが答えた。

「楽しくは、なかったです」

「あら。なにか、おもしろくないことでも？」

これには、ルーシーが答えた。「ジャックがいいたいのは、あたしもジャックも最近は今日の計画にすっかり気を取られて、集中できなかったってことなんです」

「ああ、なるほどね。ミス・ケンドラ・コナーには、話したのかしら？」

「いえ。先日の美術品どろぼうの新聞記事のおかげで、ケンドラはミセス・マクビティーがあたしたちと知り合いなことは知っています。でも、今日あたしたちまでついて行くことは、いってません」

「びっくりさせたほうが、おもしろいかなと思って」と、ジャックもつけくわえた。「それにしても、かっこいい車ですね！」と、豪華《ごうか》な車内をほれぼれとながめている。

「まあ、お褒《ほ》めにあずかりまして、ありがとう」と、イザベルがジャックにほほえみかけた。「ふたりとも書類を見つけてくれて、ありがとう。きのう電話をもらったときは、もう、どれほど興奮《こうふん》したことか！」

運転手が、ミセス・マクビティーのマンションへと車を乗りつけた。ルーシーとジャックはさっそく迎えに行き、数分後、ミセス・マクビティーを連れてあらわれた。

ルーシーは、ミセス・マクビティーとイザベルを引きあわせた。「こちらが、イザベル・サン・ピエールさん。こちらが、ミセス・マクビティーです」

ミセス・マクビティーが、イザベルのとなりに座りながらいった。「ミネルバと呼んでくださいな。ミニチュアルームに行ったことのあるお仲間にお会いできるなんて、なんてすてきなんでしょう」と、ウインクする。

「ええ、ほんとうに！」と、イザベルも応じた。「ルーシーから聞きましたわ。ふたりを全面的にサポートしてくださったんですってね」

「いえいえ、大筋を考えたのはふたりですよ。書類のもっともらしい来歴を用意するという案だって、ふたりが考えだしたんですから」

ルーシーは、〝来歴〟という初めて聞く単語が気に入った。来歴とは、あるものがたどってきた歴史。まるで、先祖《せんぞ》をたどるみたいだ。謎《なぞ》めいた響《ひび》きのある言葉だな、とルーシーは思った。

そこからケンドラ宅のあるマンションまでは、車ですぐだった。先にジャックと運転手が車をおり、年配のミセス・マクビティーとイザベルがおりるのを手伝った。そのあとルーシーも車からおり、ミセス・マクビティーとイザベルとならんで歩道に立った。イザベルは、ジャックが気をつかってさしだした腕《うで》につかまった。「まあ、ありがとう」

運転手をのぞく四人はロビーの受付へと向かい、受付の警備員がコナー宅に電話した。「ミセス・コナーが上がってくれといっています。第二エレベーターで、二十五階へどうぞ」

エレベーターが上昇しはじめてすぐに、ルーシーはイザベルに声をかけた。「だいじょうぶですか?」ルーシーは、心臓《しんぞう》がどきどきしていた。

「ええ、だいじょうぶよ。でも、あなたは少し顔が赤いわね!」

エレベーターが止まり、ドアがすっとひらいた。

玄関《げんかん》ホールでルーシーの姿を見た瞬間《しゅんかん》、ミセス・コナーが声をあげた。「まあ、ルーシー! また来てくれたのね。驚《おどろ》いたわ!」

ケンドラも、玄関ホールに出てきた。「あっ、ジャック も! ふたりとも、どうしたの?」すでにふだん着に着替《きか》え、リンゴをかじっている。

「こんにちは、ケンドラ。話せば長くなるんだけどね」と、ルーシーは答えておいた。

「初めまして。ジーニ・コナーです」と、ケンドラの母親がイザベルとミセス・マクビティーに自己紹介《しょうかい》した。

「ジーニ……というのは、ユージニアの愛称《あいしょう》ですわね？」と、イザベルがミセス・コナーと握手《あくしゅ》する。

ルーシーは思った。あっ、そうか！

「ええ、そうです」と、ミセス・コナー。「祖母と曾《そう》祖母から、もらった名前なんです」

ミセス・コナーは四人をリビングへと案内し、全員がくつろげるように気をくばった。「お電話でうかがった謎《なぞ》の品とは、なんでしょう？」

「じつはね、その品はひとつではなく、複数あるんですよ」と、ミセス・マクビティーが切りだした。「さあ、ルーシー」

ルーシーはななめがけのバッグからひとつひとつていねいに取りだし、全員に見えるよう、コーヒーテーブルにならべていった。

ミセス・マクビティーは、ルーシーがフィービーにプレゼントしたらせんとじのメモ帳をあずかって、自分のマンションの安全な場所にしまったあと、ふたつの書類と秘薬本、それにビーズのハンドバッグをそれぞれ薄紙《うすがみ》でていねいにくるみ、ひもで軽くしばっていた。

「うわあ、なに?」ケンドラの声は、クリスマスの朝のようにはずんでいる。

ミセス・コナーは、最初に秘薬本のつつみのひもを引っぱって、ほどいた。「これは……なにかしら?」古びた革表紙を見た瞬間《しゅんかん》、とまどいの声をあげた。

「ひらいてみてください」と、ルーシーはうながした。

ミセス・コナーは本をひらき、フィービーが書いた表題を見た。「えっ、これは……ひょっとして、そうなの?」

母親の肩《かた》ごしに、ケンドラがのぞきこむ。「ええっ、本物?」

ルーシーは、うなずいた。

「ほかの品も、見てください」と、ジャック。

ミセス・コナーは別のつつみのひもをほどき、フィービーが一八六四年に書いた手紙をしげしげとながめ、最初の数段落を読んだ。「まさか、フィービー・モンローが書いた手紙を読んでいるなんて! いったいどこで、これを?」

「せっかくだから、残りのふたつもあけてくださいな。そうしたら、すべて説明しますよ」

というミセス・マクビティーの言葉に、ミセス・コナーはまず遺言書《ゆいごんしょ》のつつみを、つづいてビーズのハンドバッグのつつみをあけた。新しい品を見るたびに、その顔に信じられないという表情が広がった。

「ハンドバッグの中身も見てください」と、ルーシーはうながした。

ミセス・コナーはハンドバッグの中から奴隷《どれい》用のタグを取りだし、まだ残っている「587」という数字を読みとると、深く息を吸いこんだ。「これは、フィービーの奴隷用のタグね！そういうタグがあったことは知っていたけれど、まさか、この目で見ることになるなんて！ほら、ケンドラ、見てごらんなさい」と、ケンドラの手のひらにタグを落とした。

魔法《まほう》は、あきらかに消えていた。まるで長いあいだ、だれかがここにタグがかくされていることに気づくのを待ち、正当な持ち主にもどしてくれたのを見とどけてから、消えたかのようだ。いまのタグは、なんの飾《かざ》り気もない鈍《にぶ》い金属にすぎない。それでも、その来歴がわかったいまは魅力的《みりょくてき》だった。

「あっ、ママ！」ケンドラが、ソファーからいきおいよく立ちあがって叫《さけ》んだ。「このハンドバッグ、うちの箱の模様《もよう》とそっくり！」と、ふたにステッチ刺繍《ししゅう》がほどこされた小さな丸い薬箱を持ってきた。ケンドラの誕生日パーティーの日にルーシーが目を止めた、あの箱だ。

「まちがいなく、同一人物が作ったものだねえ」と、ミセス・マクビティー。

「この薬箱は、北部への逃亡《とうぼう》を手伝ってくれた奴隷《どれい》制度廃止《はいし》論者から、フィービーがもらったものなんです」と、ミセス・コナーは説明した。「この四つの品を、いったいどこで見つけたんです？」

「そうよ。それに、ルーシーとジャックは、どう関係しているの？」と、ケンドラも問いかけた。

ルーシーとジャックとミセス・マクビティーが、そろってイザベルを見る。

イザベルが口をひらいた。「じつはわたくし、はからずも、この品々をずっと持っていましたの。ルーシーとジャックがいなければ、お宅までたどりつくことは、まずなかったでしょう。ごらんの通り老いた身なもので、財産をきちんと処分するために、遺言書《ゆいごんしょ》を何度も書きかえてまいりました。で、古書とアンティークの件で、ミネルバに連絡《れんらく》を取りましたの。そうしたら、ミネルバが数点を店に持ちかえって調べることになりましてね。そのお店で、ルーシーとジャックがこの本を見つけたんです」

「それがね、ケンドラ、クラスでちょうどあなたの発表を聞いたあとだったの。その本には、ギリスという名前が書いてあった。あなたが見せてくれた書類にもあった名前よね。しかも、チャールストンで書かれたものだった」と、ルーシーがいい、

「そこで、いろいろと調べはじめてねえ」と、ミセス・マクビティーがつづけた。「そして、イザベルがすべて持っていることをつきとめたんですよ」

「でも、そもそもなぜ、あなたがお持ちになっていたんです？」と、ミセス・コナーがイザベルにたずねた。

「わたくし、若かりしころに、ナルシッサ・ソーンの工房で働いていましてね……」と、イザベルが答えかけ、

「ソーン・ミニチュアルームを作った、あの夫人ですか？」と、ケンドラが質問をはさんだ。

「ええ、そう」と、イザベル。「そのナルシッサの運転手が、ユージーン・モンローという人で……」

「まあ、わたしの曾祖父《そう》よ！」ミセス・コナーが、声をあげた。

「ええ、そうですわね」と、ふたたびイザベルがいった。「どういうわけか、この品々はナルシッサの元に行きつきましたの。一九六〇年代に亡くなったナルシッサは、それを個人的な品々とともに、まとめてわたくしに遺贈《いぞう》してくれましてね。そんなに大切な品だったなんて、わたくし、夢にも思っていなくて……。本当に、ごめんなさいね」

ルーシーは、胸の中で祈《いの》った。どうかケンドラとお母さんが、この説明を信じてくれますように――。

ミセス・コナーは、いまの話を頭の中で整理しているらしく、しばらくだまって座《すわ》っていた

が、やがて口をひらいた。

「意外すぎて、なんといっていいものやら……。おかげで、祖母の汚名《おめい》をそそげます。祖母が正直な人間で、祖母の事業と薬の処方はすべて祖母が発案したものだと、なんとか証明できないものかと、ずっと思っていたんです。祖母は、それはもう、本当に……屈辱的《くつじょくてき》な思いをしましたから」ミセス・コナーはいったん言葉をきり、ティッシュに手をのばしてから、つづけた。「イザベルさん、わたしの曾《そう》祖父のユージーンのことは、ごぞんじでした？」

「ええ。すてきな方でしたわ。わたくしがナルシッサの元で働きだしたときには、すでにかなりのご高齢《こうれい》でしたけれど。ユージーンがこの書類をすべてナルシッサにわたしたことだけは、まちがいなさそうですわね」ルーシーは、イザベルが慎重《しんちょう》に言葉を選んでいることに気づいた。

「その理由を教えてさしあげられたら、いいのですけれど」

「本当に、夢のようだわ」と、ミセス・コナーは立ちあがった。「おかげで、謎《なぞ》もだいぶ解けました。フィービーがどうやって南部を出たのか、わからなかったんです。奴隷《どれい》の身分のまま逃《に》げだしたのかと、ずっと思っていましたが、手紙によると、お金で自由を買ったんですね」

「そうなんです」と、ルーシー。「とても勇敢《ゆうかん》な方ですね」

「みなさんに、お見せしたいものがあるんです」と、ミセス・コナーは部屋をつっきって本棚《ほんだな》まで行き、ある額を取ってきた。その額には写真ではなく、なにかの書きつけがおさめてあった。ガラスの下の紙は、年月をへて黄ばんでいる。

ミセス・コナーは、みんなに見えるよう、それをテーブルに置いた。「これは、家庭用の聖書にはさんで、わが家に代々引きつがれてきたものなんです。わたしが、額におさめました」

あっ、フィービーの字だ！　手紙とまったく同じ独特の文字を見て、ルーシーはどきっとし、背筋に寒気が走った。「なんて書いてあるんです？」

それは詩だった。ミセス・コナーが読みあげた。

月なき冷たいある夜に
わたしは天使たちと逃《に》げた。
等しき平和な家をもとめ
黒き者の魂《たましい》が
主《あるじ》の圧力なき場所で
散歩し働けるように。
番号タグつき人生の

尊《たっと》き命は緑と金の
ビーズのバッグの中にあり。
北への逃避《とうひ》はむだにはならず、
やっと痛みから解放された。
すべてはわずかばかりの金で
タグにかけた魔法《まほう》のおかげ。
なんと小さきわが命
かくれて果敢《かかん》に北をめざし、
夜明けとともに陽光のごとく
闇《やみ》から青き空へとのびる。
自分で選びし人生のために。
ひとりの女性の成長の記録。
一八五五年、フィービー・モンロー

ルーシーたちは驚愕《きょうがく》し、顔を見あわせた。

ようやく、ミセス・マクビティーが口をひらいた。「なんと美しく、なんとすばらしい詩だろう」

「フィービーさんは手紙の中で、奴隷廃止論者《どれいはいし》とクエーカー教徒のことを〝わたしの天使たち〟って呼んでいましたよ」ジャックが、テーブルの上の手紙を指さしながらいった。「北へ無事に逃《に》げのびられるよう、手伝ってくれたからですよね」

「天使たちだなんて、なんて悲痛な比喩《ひゆ》だろうと、いままでずっと思っていたの。まるで、自分が現実の世界からは見向きもされない、ちっぽけな存在だといっているようで。自由を獲得して初めて、一人前の人間としてあつかってもらえるようになったのよね」ミセス・コナーはタグを手に取り、にぎりしめた。「そんな思いまでして自由になったのに、孫娘《まごむすめ》の名が汚《けが》されることになるなんて……。フィービーがそのときに生きていなくて、よかったわ」

ケンドラが母親の体に腕《うで》をまわし、抱《だ》きしめた。「ママ、これでようやく、真実を明らかにできるね」

ケンドラと抱きあったまま、ミセス・コナーの目がきらめき、顔に輝《かがや》かんばかりの笑みが広がった。コナー家は社会的に成功しているが、真実を明らかにし、一族の汚名《おめい》をそそぐことこそ、なににもまして大切な悲願だったのだ。

「フィービーのタグを取りもどせたのが、なによりもうれしいわ。フィービーはタグを幸運のお守りのように思っていたみたいなの。それと、ハンドバッグ。フィービーが自由な世界へと持っていった、まさにそのバッグなのね」ミセス・コナーはすべての品をながめながら、信じられないとでもいうように首をふった。

自由を正式に金で買いとった身とはいえ、黒人奴隷《どれい》が北部へと移動する旅路は危険にみちみちていたという父親の説明を、ルーシーは思いだしていた。だからフィービーは、特別な方法で身の安全をはかったのよね――。

でも、それを口に出しはしなかった。ジャックも、ミセス・マクビティーも、イザベルも、みんな同じことを考えているという自信があった。

尊《たっと》き命は緑と金の
ビーズのバッグの中にあり。

この詩が、すべてを物語っていた。フィービーはタグの魔法《まほう》を使ってミニサイズになり、ハンドバッグの中という安全な場所にかくれて、北部へと逃《に》げたのだ。

24

賞とほうび

六学年の最終日――。

とうとうめぐってきたこの日を、ルーシーは信じられない思いで迎《むか》えていた。ソーン・ミニチュアルームをめぐる新たな謎《なぞ》がすでに解け、この瞬間《しゅんかん》に集中できるのは、ありがたかった。いまは夏。秋になったら全員七年生に進学し、学校の別棟に移ることになる。

担任のビドル先生が教室の前に立ち、生徒たちに賞をあたえた。これは生徒全員が楽しみにしている恒例《こうれい》行事だ。いわゆる成績優秀者にあたえられる賞ではなく、各生徒の個性的な活動にあたえられる賞で、全員なにかしら受賞する。たとえばベン・ロメロは、ストレスを強く感じる状況《じょうきょう》でもつねに冷静なので、〈ＮＡＳＡの宇宙飛行士賞〉を受賞した。ケンドラは独創性を評価されて〈ピカソ賞〉、アマンダ・リウは笑いをとる才能をみとめられ、コメディ女優にちなんだ〈ルシル・ボール賞〉だ。

「そして、ルーシーとジャック。すでに最高のがんばりを見せてくれたと思っていたら、先日ケンドラから聞きましたよ。ケンドラの先祖《せんぞ》の行方不明になっていた書類を見つけたんですってね！　今年、あなたたちはふたりで立派な功績をあげたので、チームとしてひとつの賞をあげようかとも思いましたが、それは不公平というものでしょう。チームで働いたとはいえ、それぞれ個性的な才能に恵まれているんですからね。そこでルーシー、あなたには、徹底《てってい》した調査能力と巧《たく》みな捜査《そうさ》能力をたたえて〈アガサ・クリスティー賞〉をあたえることとします。ジャック、あなたには、大胆《だいたん》な決断力と冒険心《ぼうけんしん》をたたえて〈ルイス・クラーク賞〉をあたえます」

ふたりは、またしても拍手《はくしゅ》を送られた。さきほどケンドラがクラス全員に今回の話をしたときに、拍手喝采《かっさい》をあびたばかりだ。

ルーシーは、いい気分だった。自分とジャックについてビドル先生がいってくれたことや、ジャックと自分、それぞれの長所をみとめてくれたことが、うれしかった。

だが、いいことづくめの今日は、さらにわくわくすることが待っていた。学校が午前中で終わったあと、ジャックとともにミニチュアルームに行き、海賊《かいぞく》ジャック・ノーフリートの銀貨にどんな秘密の魔法《まほう》がこめられているのか、きっちりとつきとめるのだ。

魔法を使ってミニチュアルームに行くたびに、ルーシーは少しこわかった。口には出さないが、いつか魔法が消えてしまうのではないかと、つねにおびえていたのだ。公爵《こうしゃく》夫人クリスティナの鍵《かぎ》はまだ魔法がきくし、いまのところ、魔力がうすれている感じはしない。しかしフィービーの奴隷《どれい》用のタグは魔力を失って、まったく輝《かがや》かなくなった。重要な書類が見つかると同時に魔力を失ったのを目の当たりにして、ルーシーとジャックはいやでも考えた。

じゃあ、輝きの残っている銀貨は、まだほかになにかを伝えようとしているのか？　銀貨の魔法は、クリスティナの鍵の魔法に似ているのか？　それとも、タグの魔法に似ているのか？

学年度末だったので、美術館に社会科見学に来ている学校はなく、ルーシーもジャックもすんなりとミニチュアルームの裏《うら》側の廊下《ろうか》にもぐりこめた。クライミングもお手のもので、鎖編《くさりあ》みの輪をアメリカコーナーまで垂《た》らし、エアダクトを通過して移動した。

先にルーシーが、下枠《したわく》へとジャンプした。すぐあとにジャックがつづく。

「ジャック、どう？　どんな感じ？」

ジャックが、ポケットから銀貨を取りだした。ふたりが見まもるなか、銀貨は少しずつ輝きをましていく。

「だんだん、熱くなってきた」ジャックはそういって、A12〈ケープコッドの居間〉のほうへ近づき、ふと足を止めた。

いまだに、この部屋を警戒《けいかい》しているのだ。

歴史をいじるときは、現実の世界もリアルに変わりかねないので、細心の注意をはらわなければならない。それは、ルーシーもジャックもわかっていた。ただし庭の門の外へ、十八世紀の世界へと出ていかなければ、悪いことはなにも起こらない。

ジャックは自分をふるいたたせ、先頭に立って歩きだした。

外枠《そとわく》から入りこみ、メインルームへとのびている裏《うら》階段をあがり、ギャラリーからのぞいている観客がいないことを踊《おど》り場から確認する。

部屋に入ったふたりは歩きまわり、書き物づくえに近づくと銀貨の輝《かがや》きが増すことに気づいた。

「きっとつくえの中に、銀貨を刺激《しげき》するものが入ってるのよ」ルーシーは書き物づくえに近づきながら、そういった。

「うわっ、マジで熱い！」と、ジャック。

「ひきだしを、もう一度、全部確認してみようよ」

ルーシーはそう提案し、天板の下のひきだしをあけていった。下のふたつのひきだしは、空っぽだった。一番上のひきだしをあけようと、ジャックが開閉式の天板を持ちあげた瞬間《しゅんかん》、ふたりとも天板の裏側に、あるものを発見した。天板を持ちあげ、たたんだ状態にしないと、見えないものだ。

天板の裏側には、木材とは対照的な色で、ＪＮというイニシャルがはめこんであった！

「ジャック・ノーフリートのイニシャル！　これは、ジャック・ノーフリートのつくえだったんだ！　よし！」ジャックは、一番上のひきだしをいきおいよくあけた。

「ここも空っぽね」つくえの上半分にも、せまいひきだしが三つある。「きっと、この中になにかあるのね」ルーシーはひきだしをあけるために、邪魔《じゃま》なインク壺《つぼ》とガラスのろうそく立てをどけた。最初のふたつのひきだしをあけて、中をのぞきこんだが、なにもない。三つめのひきだしをあけて、じっと見つめ、なんでもいいからなにかあらわれるのを待った。「うーん、わからない」

ジャックものぞきこみ、空っぽなのを確認した。「でもさ、銀貨が、ほら！」銀貨は炎のように赤く輝き、溶けそうなくらい熱い。

「あっ、待って。真ん中のひきだしが、ちょっと変よ」と、ルーシーは真ん中のひきだしをふたたびあけた。「ほら、やけに浅いでしょ。引きぬいてみるね」ひきだしを引きぬき、奥を指でなぞった。細長い切り込みが一本入っていることに気づき、ひきだしの底に手のひらを押《お》しつけて、ぐっと押す。と、切り込みの部分から、木製のパネルがスライドした。二重底になっていたのだ！

ひきだしの〝見せかけの底〟と〝本当の底〟とのあいだのわずかなすきまに、ふたつの物が入っていた。一枚の淡《あわ》い黄色のおりたたまれた紙と、あのクジラの歯の柄《え》のナイフだ！

「えっ、でも……なぜ……？」と、いいかけたジャックに、ルーシーはナイフを取りだしてわたした。

ジャックは、いまにもこわれてしまいそうな物を持つように、それを受けとった。JとNの文字は残っていたが、いまではすっかり古びていた。柄は黄ばんであちこちひびわれ、年代をへた刃は色あせ、うすよごれている。正真正銘《しょうしんしょうめい》のアンティークだ。それでも、ジャックには輝《かがや》いて見えた。

そして、ナイフと同じ手のひらにのせた銀貨は少しずつ静かになり、消えていくたき火のように輝きを失いつつあった。

ルーシーは黄色い紙を取りだし、ひらいた。そして、黒インクで書かれた繊細《せんさい》な手書きの文字を読みあげた。

親愛なるノーフリートさま

先日、メイン通りを歩いていたら、偶然このナイフをひろいました。すばらしい出来ばえに目をひかれ、柄にJNとイニシャルが彫《ほ》られていることに気づきました。これは、あなたの物にちがいありません。あなたのお手元に確実におもどししたく、そのついでといってはなんですが、あなたの作った数々の美しい船をどれだけ賛美しているか、わたくしの気持ちもお伝えしたく存じます。あなたの船をいつも港で拝見し、見ほれているのです。自分から名のるようなことはいたしませんが、もしナイフをおもどししたことに感謝してくださるのならば、わたくしに自己紹介《しょうかい》しに来ていただいてもかまいません。わたくし、無礼ですかしら?

サウス通り百四十二番地に住むあなたの称賛《しょうさん》者、ジョージアナ・ウィルシャーより

「あたし、彼女《かのじょ》に会ったのよ！　ジャック・ノーフリートと話をした直後に！　彼女、ナイフをひろって、あたしにわたそうとしたの。ジャックに返してくれって。でも、できないって断ったのよ」

「マジかよ！」

「ジャック・ノーフリートは、きっとミス・ウィルシャーと結婚《けっこん》したのよ！」そう想像して、ルーシーはわくわくしてきた。「ミス・ウィルシャーが無礼でも、気になんかしないわよ」あたしも〝無礼な小娘《こむすめ》〟なんていわれたっけ。

「ミス・ウィルシャーの名前は、ジョージアナなんだよな」と、ジャック。「じゃあ、ジョージおばさんの名前は、きっとそこからもらったんだな！　ということは……うわっ、おれ、またしても、ご先祖《せんぞ》さまに会ってたんだ！　スッゲー！」意外な展開に圧倒され、首をふりながら、ジャックはしばらくナイフを見つめた。「おれ、前々から思ってたんだ。時代をまたいで消えた品はどこへ行ったんだろうって。矢とか、模型《もけい》飛行機とかさ」

「ミス・ウィルシャーはきっと、ナイフがジャックの手から消えた、まさにその場所で見つけたのよ。庭はメイン通りに面していたし」

「うん。ジャック・ノーフリートはミス・ウィルシャーからナイフを受けとったあと、つくえの中にしまっておいたのかもな。おれたちがまた来たら、わたそうと思ってたのかも」

「そのあと、ソーン夫人がこの書き物づくえを手に入れたってわけね」ルーシーは、さらにじっくりと考えた。「このナイフと手紙だけどね、ジャックが冷たくなって消えはじめたときには、たぶんつくえの中になかったと思う。だって、あのときのあたしたちは、ミス・ウィルシャーとジャック・ノーフリートが永遠に出会わないバージョンの歴史を作っちゃったんだもん」

「じゃあ、ナイフはいつ、ひきだしにあらわれたんだろう?」

「きっと、ジャックがふたたび庭にあらわれたころよ」

「たしかそのあと、おれたちが部屋をつっきったとき、銀貨がまた強い光を放ったんだよな? でも、おれたちは一刻も早くここから出たくて、気にもとめなかった」

「銀貨は、あたしたちに伝えようとしていたのよ。ナイフがつくえの中にあるって! 記録保管所の書類に、このナイフの記述はぜったいにない。だから、もらっちゃいなさいよ」

「だよな」と、ジャックはにやりとした。「一七五三年に、おれがご先祖さまから直接もらったんだし!」


ヨーロッパコーナーの廊下《ろうか》で、元のサイズにもどったルーシーが鎖編《くさりあ》みの輪を巻いているあいだ、同じく元のサイズにもどったジャックは、宝物のナイフを飽《あ》きずに愛《め》でていた。「あのひきだしの底がスライドするって、どうしてわかったんだ?」

「ミセス・マクビティーのおかげよ。ミセス・マクビティーのマンションにも、同じようなつくえがひとつあってね。アンティークのつくえは二重底になっているものがけっこうあるって、教わったの。昔は、貴重品をしまっておく貸金庫なんて、なかったでしょ」

「なるほど、だからか」

「ねえ、銀貨はどう？」ルーシーは、鎖編《くさりあ》みの輪を巻いた玉をバッグの中にしまいながら、たずねた。

ジャックが、ポケットから銀貨を取りだす。「なんともないよ。ほら」

廊下《ろうか》は暗いが、魔法《まほう》がきいているときはその物体が光ることを、ルーシーは経験から知っていた。いまの銀貨は、光っていない。ふと、フィービーのタグを思いだした。あの奴隷《どれい》用のタグは年代物の興味ぶかい品だが、いまは魔法の命は宿っていない。

「たぶん、この銀貨では、もう体がちぢまないと思う。奴隷用のタグといっしょだね」と、ルーシーが片手を出し、そこにジャックが銀貨をのせた。ルーシーは立ったまま、じっと待った。そよ風は吹《ふ》かなかった。潮《しお》の香りもしない。「なんとなく、残念。でも、役目は果たしたってことよね」

クリスティナの鍵《かぎ》の魔法は、まだしっかりと残っている。ジャックはナイフと銀貨をポケットにしまい、きらめく鍵をルーシーにわたした。

こうしてふたりはミニサイズになって、うす暗い廊下から11番ギャラリーへともどった。

美術館の正面玄関《げんかん》に出たところで、ジャックがたずねた。「なあ、ルーシー、どう思う?」

「どう思うって、なにを?」

「すべてを。イザベルの秘密とか、ソーン夫人の秘密とか、おれたちの秘密とか」

「気をつけないといけないよね」もう少しでジャックを失うところだった。魔法は責任をもって使わないと——。

ふたりで鍵を見つけたころより、事態ははるかにこみいっていた。あのころは、冒険《ぼうけん》は自分とジャックが楽しめればそれでいいとしか思っていなかった。でもいまは、いかに人々の人生が複雑にからみあっているかが、よくわかる。今回、ルーシーとジャックは、歴史を現在とはちがう形に変えてしまったのだ。

クリスティナの鍵は、ルーシーとジャックをいろいろな人々に引きあわせてくれた。それは、自分たちの行動によって幸せになれる人たちだと、ルーシーは信じていた。クリスティナの鍵の魔法を通じて、ふたりはフィービーに自由な人生を想像させることができた。ケンドラと母親のミセス・コナーには、一族の汚名《おめい》を晴らすチャンスをあたえられた。ジャックは先祖《せんぞ》たちと出会うことで、人生の空白部分をうめることができた。魔法は、それぞれの日々に、意味のある変化をもたらしてくれたのだ。

ルーシーも、さまざまな冒険《ぼうけん》を通じて、待ちこがれていた興奮《こうふん》を味わった。冒険をするたびに、いままでよりもたくましくなり、自分に自信を持てるようになった。

それでも、これまでの魔法《まほう》で大きく変わったのは、まわりの人たちのほうだった。ひょっとして、あたしの役目は、ほかの人たちの悩みを解決してあげることだけ？

ルーシーは、歩道を行き来する人々や、通りをいきかう車をながめた。自分とジャックが、わずか数分前に背後の美術館でどんな冒険をしたかは、だれひとりとして知らない――。

フィービーの〝奴隷《どれい》用のタグ〟とジャックの〝海賊《かいぞく》の銀貨〟は、それぞれふさわしい人々の元にもどされたあと、すぐに魔力を失った。そのうちあたしも、未来が変わるような過去の物と出あえるのかな？　この先、どんな魔法が、あたしを待っているのかな？

公爵《こうしゃく》夫人クリスティナの鍵《かぎ》が魔法の光を放ちつづけるかぎり、冒険を続けようと、ルーシーは心に誓った。

読者のみなさんへ――作者あとがき

わたしが小学五年生のとき、担任のテイラー先生がある宿題を出しました。有名なアフリカ系アメリカ人について調べて、レポートにまとめる宿題です。リストにあがったアフリカ系アメリカ人のなかに、フィリス・ホイートリーという女性がいました。彼女《かのじょ》の生い立ちは、忘れることができません。フィリス・ホイートリーはアフリカ生まれ。少女時代に身売りされて奴隷《どれい》となり、最終的にはアフリカ系アメリカ人の詩人として初めて詩集を出版しました。彼女の人生は悲惨《ひさん》でしたが、とても美しい詩を書いています。この本の中でフィービーが書いたとされる詩は、フィリス・ホイートリーの詩集にヒントを得たものです。

フィービーという人物はわたしのフィクションですが、そのきっかけは、自由を金で買い、調べる価値のある人生をおくった歴史上の人々があたえてくれました。そのひとり、ベンチャー・スミスは、子どものころアフリカでとらえられ、大人になってから自分と家族全員の自由を金で買いました。南北戦争の百年前のことです。エリザベス・ケクリーは生まれつきの奴隷でしたが、お針子《はりこ》としての技術をいかして自由を買えるだけの金をため、さらにはリンカーン大統領《だいとうりょう》夫人メアリー・トッド・リンカーンの裁縫師《さいほうし》となり、リンカーン大統領の就任式でメアリーが着るドレスをデザインするまでにのぼりつめました。彼女の自伝は、一八六八年に出版されています。

ジャックの先祖《せんぞ》ジャック・ノーフリートの話を思いついたのは、十九世紀後半までアメリカ東海岸に実在した海賊《かいぞく》たちのことを知ったのがきっかけです。十八世紀、ソーン夫人がミニチュアルームで再現した時代の少し前にあたるころに、ケープコッドの近くで、海賊船が一隻《せき》、実際に沈没《ちんぼつ》しています。海賊の一般的なイメージは、えてして本物の海賊とはかけはなれているものです。そこでわたしは、ひとりの男性が海賊になるまでを、歴史的に正しく描《えが》こうと心がけました。

わたしはこの本を執筆中《しっぴつちゅう》に、ソーン夫人を知っていたというふたりの人物を紹介されました。アリス・ピリー・ワーツと、アン・ソーン・ウィーバーです。ミセス・ワーツはソーン夫人の同僚《どうりょう》で、長年にわたりミニチュアルームを最良の状態にたもつために働いてきました。ミセス・ウィーバーはソーン夫人の孫娘《まごむすめ》で、シカゴでソーン夫人とともにくらし、すてきな思い出をたくさん作りました。この本の中でソーン夫人の目撃者《もくげきしゃ》となるイザベル・サン・ピエールという人物は、わたしのフィクションです。イザベルはミセス・ワーツともミセス・ウィーバーとも似ていませんが、ソーン夫人のすばらしい人柄《ひとがら》と性格を知ることができたのは、まちがいなくこのふたりのおかげです。

物を書くという行為《こうい》は、本物の魔法《まほう》です。わたしの場合は、執筆にあたってなにかを調べるときに、まさに魔法を感じました。キャラクターやストーリーのために過去をいろいろと調べる過程で、先人たちとのつながりを感じ、先人たちが残した武勇伝《ぶゆうでん》をわがことのように感じたのです。

わたしたちが美術に触《ふ》れたり、美術館で味わったりする体験にも、興味があります。この〝古風な〟体験が、映画やコンピュータゲームに負けない力を持ちうることに、たまらない魅力《みりょく》を感じるのです。シカゴ美術館のミニチュアルームは、動かないし、悲鳴《ひめい》をあげないし、爆発《ばくはつ》もしません。押《お》しボタンもないし、特殊《とくしゅ》な立体メガネもありません。そのかわり、観る者の想像力を自由に解きはなち、いまの時間、いまの場所から引きはなし、あらゆる方向へ向け、旋回《せんかい》させてくれます。この体験を、わたしの本の中でも再現できていますようにと、祈《いの》る思いです。話の中に引きこまれ、没頭《ぼっとう》し、どこかへ連れていかれ、自分自身の言葉が話にくわわる——。そんな感覚も、一種の魔法《まほう》なのです。

マリアン・マローン

訳者あとがき

『12分の1の冒険《ぼうけん》』シリーズ第三弾《だん》、お楽しみいただけましたでしょうか？　今回も、舞台はシカゴ美術館に展示されているソーン・ミニチュアルーム。十三世紀後半から一九三〇年代までのヨーロッパと、十七世紀から一九三〇年代までのアメリカのインテリアがおどろくほど緻密《ちみつ》に作られた、まさに魔法の空間です。

このミニチュアルームの生みの親であるソーン夫人は一八八二年、アメリカのインディアナ州ビンセンズ生まれ。父親は裕福な実業家でした。少女時代のソーン夫人は、家族でアメリカの東海岸やヨーロッパを訪《おとず》れた際、城や家々を見てまわったそうです。一九〇一年にシカゴ在住の幼《おさな》なじみと結婚したあとも趣味《しゅみ》のミニチュア収集を続け、やがて自分でミニチュアルームを作ろうと考えるまでになりました。それを集めて展示したのが、シカゴ美術館のソーン・ミニチュアルームです。ソーン夫人の写真を見ると、少女時代の好奇心と目の輝《かがや》きをたもったまま、大人になったような印象を受けますね。

シリーズ第三弾のテーマは、先祖《せんぞ》。主人公のルーシーとジャックは〝先祖〟がテーマの授業で、クラスメートのケンドラ・コナーの先祖が、じつはこのシリーズにすでに登場している〝ある人物〟だと知ります。そして、その人物に導かれるように、ソーン・ミニチュアルームとかかわりのある人物と出会い、意外な事実を知ることになります。さらにジャックは、自分の先祖であるジャック・ノーフリートの残した銀貨を通して、先祖本人と意外なかかわりを持つことに――。

『海賊《かいぞく》の銀貨』というタイトルにもあるように、三巻には海賊が登場します。今回はその海賊と、本文に登場する私掠船《しりゃくせん》について、ミニ知識を。

十六世紀から十七世紀にかけて、カリブ海では私掠船とよばれる海賊船《かいぞくせん》が横行しました。私掠船とは、ジャックの先祖《せんぞ》が説明しているとおり、「王の命令で敵船を捕獲《ほかく》し、王に食わせてもらっていた連中の船」。陸地で抗争《こうそう》にあけくれていたヨーロッパ諸国《しょこく》の王たちは、海上でも戦いをくりひろげ、交戦相手国の船を略奪《りゃくだつ》してもよいという免許（私掠免許）を出して海賊行為《こうい》を奨励《しょうれい》し、戦利品を船長とわけあいました。ですが、ヨーロッパ諸国の間で植民地に関する条約が結ばれるようになると、海賊による略奪行為が国家の利益《りえき》とならないことがはっきりし、国王たちは一転して海賊をとりしまるようになりました。その結果、海賊たちは国家にしばられることなく、一匹狼《ぴきおおかみ》として活動するようになり、パイレーツと呼ばれるようになりました。海賊＝髑髏《どくろ》の旗《はた》をかかげた荒くれ者、という現在のイメージは、このパイレーツから生まれたものなのです。

今回、ルーシーとジャックは、魔法《まほう》のすばらしさだけでなく、魔法の持つ怖《こわ》さも体験しました。そのぶん、かしこくなったふたりを次に待っているのは、どんな冒険《ぼうけん》なのでしょう？　ふたりの成長ぶりを見られるのも、楽しみのひとつですね。

最後に、今回もハラハラドキドキの旅へといざなってくれた編集者の木村美津穂さんに、心よりお礼申しあげます。

二〇一三年十二月　　　橋本 恵

【作者・訳者紹介】

マリアン・マローン Marianne Malone

米国生まれ。イリノイ大学卒。アーティスト、美術教師。
3人の子どもを持ち、長女が中学校へ入学した際に、長女の親友の母親と共同で
女子中学校を創立した。現在は夫と愛犬とともにイリノイ州アーバナに住んでいる。
『12分の1の冒険』がデビュー作で、本書は3作目。

橋本　恵 はしもと　めぐみ

東京生まれ。東京大学教養学部卒。翻訳家。
主な訳書に「ダレン・シャン」シリーズ、「デモナータ」シリーズ、
「クレプスリー伝説」(以上、小学館)、
「アルケミスト」シリーズ、「スパイガール」シリーズ(以上、理論社)、
「シヴァ　狼の恋人」シリーズ(ソフトバンククリエイティブ)など。

口絵：*Thorne Miniature Rooms,* シカゴ美術館蔵
A12:Mrs. James Ward Thorne, American, 1882-1966, A12: Cape Cod Living Room, 1750-1850, c. 1940, Miniature room, mixed media, Interior: 7 3/4 x 14 7/8 x 12 1/8 in., Gift of Mrs. James Ward Thorne, 1942.492, The Art Institute of Chicago
A28:Mrs. James Ward Thorne, American, 1882-1966, A28: South Carolina Drawing Room, 1775-1800, c. 1940, Miniature room, mixed media, Interior: 12 1/4 x 22 1/4 x 21 1/2 in., Gift of Mrs. James Ward Thorne, 1942.508, The Art Institute of Chicago
Mrs. James Ward Thorne (1882-1966) working in her studio, Chicago, Illinois, 1960, The Art Institute of Chicago
Photography © The Art Institute of Chicago

カバー、本文イラスト：佐竹美保

海賊の銀貨　12分の1の冒険③
作…マリアン・マローン
訳…橋本恵
2014年2月20日　第1刷発行
2018年3月25日　第2刷発行

発行者…中村宏平
発行所…株式会社ほるぷ出版
〒101-0051　東京都千代田区神田神保町3-2-6
電話03-6261-6691／ファックス03-6261-6692
http://www.holp-pub.co.jp
印刷…株式会社シナノ
製本…株式会社ハッコー製本
NDC933／264P／197×140mm／ISBN978-4-593-53476-0